前世で家族に恵まれなかった俺、
今世では優しい家族に囲まれる

俺だけが使える氷魔法で異世界無双

2

著　おとら

CONTENTS

登場人物紹介

characters

ハロルド
アレスの同級生その②。アイラの弟で、皇子さま。シャイ。
ルナ
アレスの同級生その①。平民の女の子。魔法の才能がすごい。
アレスの優しい家族たち
姉。ヒルダ
母親。シエラ
父親。グレイ
メイド。エリゼ
兄。シグルド

第1章

辺境領

episode 1

1　二年の成果

ヒルダ姉さんが皇都から帰ってきた翌日、俺はいつものように六時の鐘《かね》の音《ね》で目を覚ます……が、お布団《ふとん》から出れない。

この世界の時間は、機械式時計で知らされる。

鐘を鳴らす仕事の人が六時、九時、十二時、十五時、十八時、二十一時と鐘を鳴らす仕組みだ。

その前に起きる人が多いけど、一応六時が一日の始まりとなる。

「……仕方ない、まだ寝たいけど起きるとしますか」

お布団の誘惑から脱し、俺は少し時間が経ってから起きるのだった。

二階から一階に下りてリビングに入ると……ソファーに座って優雅に紅茶を飲むナイスバディな金髪のお姉さんがいた。

そう、俺の姉であるヒルダ姉さんですね！

「あら、アレス、おはよう。少しお寝坊さんね？」

「姉さんおはようございます！　まだ子供なので寝ないといけないのですよ！」

「ふふ、そうね。そのおかげか、朝から元気いっぱいね」

「えへへ、それは姉さんがいるので」

「まあ！　なんて可愛いのかしら！」

「わひゃ!?」

意外と素早い動きで俺を捕まえて、強く抱きしめる！

その豊満なお胸に包まれ、息が苦しいです！

メイドのエリザが呆れたように声をかけてくる。

「はいはい、仲が良いのはわかりましたから。アレス様、早く朝ご飯を食べてくださいね。用意ができたので、ヒルダ様もどうぞ」

「あれ？　姉さんも食べてないの？」

「実は旅の疲れが出て、さっき起きたばかりよ。ふふ、私もお寝坊さんだわ」

「じゃあ、僕と一緒ですね！」

「ええ、仲良しね」

「ほらほら、聞いてましたか？　とにかく、席に着いてください」

エリザに促《うなが》されて、二人でテーブルに着く。

そして、出てくる食事を見て姉さんが驚いている。

「……何、この豪華な朝食は」

「すごいでしょ？　この二年、頑張ったんだよ。あれ、手紙には書いたんだけど……」

「い、いや、もちろん知ってはいたわよ？　ただ、こうして目にすると……驚くわよ」

目の前にはイノブタのベーコン、イノブタの出汁《だし》で野菜を煮込んだスープに、いつもの硬いパンがある。

確かに姉さんがいた頃よりは豪華だけど、そこまで珍しいものじゃない。

これらは、皇都でも少し良いところに行けば食べられるはずだ。

「姉さんが驚いているのは……目玉焼きのこと？」

「そりゃ、そうよ。本当に、飼育に成功したのね……」

「うん、あとで一緒に見に行こう」

「ええ、そうね。ひとまず、食べるとしましょう」

「いただきます……うん！　美味《うま》い！」

イノブタのベーコンはカリッとして、噛《か》むほどに旨《うま》みが出てくる。

今までは数が獲れないから、燻製《くんせい》にすることができなかった。

現在は定期的に獲ることができるので、ようやくベーコンが作れるようになった。

「ほんと、美味《おい》しいわ。なんだか……皇都のイノブタより美味しい」

「ふふふ、さすがは姉さんです。その秘密も、あとで教えます」

「……なるほど、これは大変そうね。……となると私の役目は、調整役ってところかしら」

「えっと……？　どういう意味ですか？」

「なんでもないわ。うん、スープも出汁が利いてて美味しいわね。これなら、パンにつけても美味しいし」

「でしょ？　水から骨を煮てるから、出汁がよく出るんだ……うんうん、目玉焼きも美味いや」

金色鳥《こんじきどり》の卵は味がとても濃厚で、旨みが凝縮されている。

前世で言えば、おそらく一個千円は下らないだろう。

「本当よ。こんな朝食、皇都でもなかなか食べられないわ。別に、今日が豪華ってわけじゃないんでしょ？」

「皇都ではそうなの？　うん、最近はこんな感じかな」

「そうよ。辺境の地なのに、皇都より豪華……なんだか変な感じね。いや、自分の故郷なんだけど」

「だって、兄さんや姉さんを楽《らく》にさせたかったから。もちろん、父上と母上も」

「……ふふ、相変わらずなんだから」

＊＊＊

その後、食べ終わったので、姉さんを連れて外に出る。

修道院の、さらに奥の方に歩いていくと……ひっそりと柵《さく》が設置されている。

ここなら人目につかないし、鳴き声も聞こえないから平気だ。

「コケー！」

「ケコー！」

「ココー！」

そこでは数十羽の金色鳥たちがのんびりと暮らしている。

そう、俺は、姉さんが皇都に行っていたこの二年で金色鳥の飼育に成功したんだ。

かなり手こずったけど、ようやくここまで来れたね。

「……手紙では知ってたけど、こうして見るとすごいわね。一体、どうやって飼育したの？」

姉さんには、飼育に成功したとしか伝えていない。

まだまだ研究は必要だし、確実なことは言えないので皇都に知られるのも困るし。

「氷が好きということがわかったので、最初は僕の氷魔法で誘《おび》き寄せました。というより、柵のあるところまで誘導って感じですね」

「へぇ、そうだったのね。でも最初はともかく、どうして今も大人しくしているの？　金色鳥は、結構暴れ回るって話だけど」

「ふふふ、あそこの魔石に近づいてみてください」

姉さんの手を引き、その魔石の近くに手をやると……。

「あっ……冷たい風。これを柵の周りに置いて、冷たい風を送ってるってわけね？」

「正解です。彼らは、涼しい環境にいれば暴れないということがわかりました。おそらく、人前に出てこないわけではなく……川や木々がある森林の方が涼しいから、人里に下りてこなかっただけなんじゃないかって。もちろん、臆病っていうのも本当だと思いますけど」

それが俺が二年間の実験で推測したことだ。

おそらく、そんなに間違ってはないはず。

「なるほど……面白い推測ね」

「まだ確定じゃないので、あとは姉さんにお任せしようかと思ってます」

「ええ、任せて。そのために、色々と勉強をしてきたんだから。というか、面白くなってきたわね……これは、私が自重《じちょう》する方が大変だわ」

「自重？　役目とかさっきも言ってたけど、どういうこと？」

「あなたがやりすぎないように、私が見ることになったって話よ。何やら、お父様とお母様が胃が痛くなったって聞いたわよ？」

「はは……ごめんなさい」

初めて生きた金色鳥を捕まえてきた時は、両親がビックリしてたっけ。

そのあとも、色々と驚かせちゃったし。

魔力の多さとか、氷魔法の実験で辺りを凍らせちゃったり。

「というわけで……アレス、お姉ちゃんの言うこと聞ける？」

「はいっ！　もちろんです！」

その言葉に、俺の全細胞が告げる……絶対に逆らってはいけないと。

ある意味で、俺にとっては姉さんが一番怖い。

……これが、刷り込みってやつですねー。

姉さんが詳しい話を聞きたいと言うので、近くのベンチに座る。

そこから、金色鳥たちを眺める。

彼らは人の視線に晒《さら》されているけど、至って落ち着いている。

「改めて、不思議な光景ね……皇都の学校では、実験をしてもことごとく失敗したというデータがあったから」

「まあ、氷自体がありませんし、氷魔法を使える人もいないですから」

「まさか、氷が好きというというか……涼しいところが好きだったというオチだったなんて」

「でも、さっきも言いましたけど確定ではないので」

この世界には科学とかないし、そういう学問も盛んではないらしい。

俺自身も地頭がいいわけではないので、上手く説明はできなそう。

「いや……多分正解よ。筋《すじ》は通っているもの。多分、元々の数が少ないのも暑さが原因なのかも。涼しいところが好きだから、森の奥から出てこない。日の当たる場所では生きられないから、捕まえてもすぐに衰弱死……もしくは、暴れ回ってしまうと考えれば説明はつくわ。彼らが今大人しくしてるのは、ここが安全だと認識してるからだと思うし」

「な、なるほどです。さすがはヒルダ姉さんです！　僕なんかより、ものすごくわかりやすいです！」

次々と繰り出される言葉に、思わず激しく同意する。

自分一人では自信なかったけど、姉さんにそう言われるとそんな感じがしてきた。

「そんなことないわよ。私は目の前の事実を基に、推測したに過ぎないわ。本当にすごいのはアレスよ……よく、考えついたわね」

「えへへ、ありがとうございます」

姉さんに撫《な》でられて、ご機嫌なアレス君です！

最近、歳は取ったのに精神年齢が下がった気がする……まあ、いっか。

多分、肉体に合わせて精神年齢が下がったのかもしれないし……ひとまず、という言い訳をしておきます。

「何より、柵があるとはいえ逃げないのが証拠よ。そして安全と思ったからこそ、リラックスして、卵を産んだってことだから」

「ふんふん、そうですね」

「とりあえず、私の方で研究データとしてまとめるわ。それを実証できれば、私の方で皇都に知らせても良い？」

「ええ、もちろんです。独占するつもりはないので。できれば、みんなに食べてほしいです。それに、姉さんになら安心して任せられます」

今はまだ量も少ないし確定してないから、こっそりやってるだけだし。

量が獲れないうちは、どうしても値段は高くなっちゃうしね。

「ふふ、相変わらず優しい子ね。あなたは、小さい頃と変わらない……できれば、そのままでいてね」

「えっと、よくわかりませんが……」

「特に深い意味はないのよ。アレスが変わってないから、お姉ちゃん嬉しくなっちゃって」

「むぅ……僕だって成長しましたよ？　身長だって大きくなりましたし」

確かに、同世代だと小さいかもしれないけど。

兄さんがこの歳には、俺より全然大きかったし。

「ええ、わかっているわ。ところで、ここのお世話は誰がしてるの？」

「今は、孤児院の年長組の子供たちに任せていますね。金色鳥は涼しくさえあれば大人しいですし……子供たちには、お金を稼《かせ》ぐ手段がありませんから。それをすれば、お腹いっぱいにご飯を食べることができます」

「なるほど、彼らが社会に出るための支援にもなると……うん、ステキな考えね。言い方は悪いけど、犯罪防止にもなる。その子供たちが成長すれば、結果的に領地のためにもなると」

「えっと……僕自身は、そこまでは考えてなかったです。ただ、父上と母上も言ってましたね」

孤児院の生活に耐えきれずに抜け出してしまう者や、うちの領に逃げてきた大人が、盗賊になってしまうこともあるらしい。

いずれにしても貧しさがその根っこにあるのだから、稼ぐ手段があるというのはそれだけで治安を良くする効果があるのだ。

「そうでしょうね……コホン！　話を変えましょう。それで、朝の話なんだけど……」

「えっと、イノブタの件ですか？」

「ええ、そうよ。イノブタは美味しくて庶民の味方だけど、あそこまで美味しかったかしら？」

「ふふふ、よく聞いてくれました。じゃあ、次は森の方に行きましょう」

「……ええ、わかったわ。心の準備をしておくわね」


その後、いつもの森へと向かう。

そして、森の前にあるバリケード前に来ると……。

「あら？　……随分と豪華になったわね。前は、ボロボロの柵が設置されてたのに。今は高さもあるし、頑丈そうだわ。まるで、何かが当たっても平気なように」

「はい、その理由は奥にあります。ひとまず、小屋まで行きましょう」

「……そうね」

説明をせずに、ひとまず小屋の近くまで行くと……そこでは、イノブタたちがのんびりと暮らしている。ほとんど、放牧に近い形だ。

「……飼育？　これは、イノブタを飼っているの？」

「はい、そうです。赤ちゃんから育てているので、人を襲うことはほとんどありません。森の中ですし、ストレスもないですから暴れませんし」

「それ自体は、他でもやってることだけど……うん、よくここまで来られたわね」

「やはり、冒険者たちが来てくれたのが大きいです。だいぶ、森を切り開けましたし。あと、警備なんかもしてくれますし。さらにはイノブタを餌《えさ》にして、ゴブリンなどを誘《おび》き寄せて討伐《とうばつ》すれば、一石二鳥かなって」

「よく考えられているわね。これを、全部アレスが？」

「えっと……はい、一応……」

「これは、お父様の胃が痛くなるわけだわ。どこで、こんな知識を……」

「あっ！　よく本を読んだりしたので！」

うぅ、我ながら言い訳が苦しい。

でも、俺が皇都に行くまでに急ぐ必要があったし……引かれたかなぁ？

「……まあ、いいでしょう。あなたは、何があっても可愛いアレスだもの」

「姉さん？」

「それより、さっきの答えがまだよ。どうして、イノブタが美味しくなったの？」

「それは簡単です。金色鳥を食べさせました」

「……へっ？　ど、どういうこと？　貴重な金色鳥を？」

姉さんが驚くのも無理はない。

最初に父上と母上に伝えた時も、目が点になっていたっけ。

それだけ、金色鳥が貴重だということだ。

「えっと、雄《おす》の方が価値が低いのはわかりますか？」

「ええ、肉質が硬いって言われてるわね。それに、卵も産まないし」

「雌《めす》は卵を産み続けるので、なるべくそのままにしますが……雄は食用なので解体します。その中で余った部位をミンチにして、イノブタに食べさせました。あとは、成長する前に死んでしまった個体とか」

「なるほどね。良いものを食べると、その生き物自体が美味しくなるって話は聞いたことあるわ。それを実践したってことね……でも、まさか金色鳥で試すなんて」

「ここまでが、二年で一番大きな成果です！」

　ようやく、ここまでこれた。

　家族愛を知らなかった俺に、家族愛を教えてくれた大好きな家族のために。

　たとえ、引かれることになっても……後悔はない。

「……やりすぎよ、アレス。でも、良くやったわ。ここまでやってくれれば、もう大丈夫よ」

「えー、まだまだしたいことあるのに」

「あとはお姉ちゃんに任せなさい。あと、シグルドにも仕事を残しておかないと。あいつが楽《らく》して、アレスが大変とか許せないわ」

「はは……姉さんらしいや」

「何より、お姉ちゃんと遊んでくれないと。アレスは、一年後には出ていっちゃうんだから……ねっ？」

　そうだった、俺がここにいられるのはあと一年だ。

　そしたら、皇都に行かないといけない。

　また、姉さんと離れ離れになっちゃう。

「……はいっ！　姉さんと遊びます！」

「ん、良い返事ね。アレス、私たちのために頑張ってくれてありがとね」

「だって、姉さんと兄さん大好きだもん！」

俺は姉さんと兄さんに可愛がってもらった。

だから出ていく前に、どうしてもお礼がしたかった。

「ふふ、そうね。じゃあ、お姉ちゃんも頑張るわ。じゃあ、早速《さっそく》戻るわよ。他の場所に行って、お姉ちゃんと遊びましょ？」

そう言い、俺に手を差し伸べる。

俺は嬉しくて……たまらず、その手をぎゅっと握る。

「えへへ、姉さんが帰ってきて嬉しいです！」

「ええ、私もアレスに会えて嬉しいわ」

そして、二人で手を繋《つな》いで道を歩いていく。

それだけで、幸せな気分になるのでした。

2　姉さんには逆らえない

それから数日が経ち、姉さんが領地での生活に慣れてきた頃……。

リビングのソファーで考えごとをしていた俺に、姉さんが近づいてくる。

「アレス、ちょっと良いかしら？」

「姉さん、どうしたの？」

「疲れも取れてきたし、そろそろ冒険者ギルドに行こうと思うわ。だから、一緒に行かない？」

「はいっ！　行きます！」

「そ、即答ね。何か、考えてたんじゃないの？」

「別に大したことじゃないので」

「……アレス、お姉ちゃんに聞かせなさい」

その目は真剣で、どう考えても断れる気がしない。

アレス君は、ヒルダお姉さんには逆らえません……多分、一生。


ひとまず手を繋いで、畑道を歩いていく。

「それで、何を考えていたの？」

「えっとですね……氷魔法についてです。それを、もっと活用できないかなって」

「なるほど、そういう話なの。それは、アレスにしかできないことね」

「うん、だから考えないといけないかなって。これから、どんな氷魔法を魔石に込めるべきかを」

「そう……今は、どんなのがあるの？」

「単純な氷を生み出す魔石と、冷たい風を出す魔石がメインですね。この二つ以外には、まだやってません……攻撃魔法系は断ってますし」

「そうよね。あなたしか使えない氷魔法……悪用でもされたら大変だもの」

そう、それが一番の理由だ。

確かに需要はあるから、高く売れるだろう。でも、それを悪いことに使われたらたまったものじゃない。

氷魔法自体に危険性があると判断されて販売中止とか……。

場合によっては、俺に罪をなすりつけることも可能かもしれない。

「そうなんだよね……だから、信用できる人にしか送ってないんです」

すると、姉さんがぼそりと言う。

「それは……アイラのこと？」

「うん、ここを出る時にペンダントにして渡したんです。まだ持ってるかな？」

「ふふ、持ってるわよ。私は、向こうで彼女に会ったもの。そういえば、言い忘れてたわ。アレスに、一年後を楽しみにしてるって伝えてと」

「ほんと!? そっか、持っててくれてるんだ。なんか父上には、手紙のやり取りはできないって言われてたんです。よく理由はわからないんだけど……」

「そうね……それも、そのうちわかるわ」

「そうなんですか？ ……まあ、いっか。どうせ、一年後には会うし」

うーん、氷魔法か……だいぶ、扱えるようになってきたし。

そろそろ、次の段階に入っても良いかもね。

例えば……氷を使ったスイーツとか！

＊＊＊

その後、姉さんと一緒に冒険者ギルドに入る。

建物の中は、綺麗《きれい》な酒場のような感じになっていた。

カウンター席やテーブル席があり、そこでは飲み食いもできる。

壁には依頼書が貼ってあり、それを奥にある受付に持っていき、許可が下りたら受理されるって仕組みだ。

ギルドマスターになったランドさんが迎えてくれる。

「おっ！　アレス様に……ヒルダお嬢様じゃないですか！」

「ランド、久しぶりね。ごめんなさい、すぐに顔を出さなくて」

「いえいえ、俺も所用で領地の外に出ていたので」

「最近の治安はどう？」

「難しい質問ですな。ただ、ならず者が増えたり、魔物の数が増えてきたような気はしますぜ」

「そうなの？　その理由は……領地が豊かになってきたからね？」

「僕のせいかな？　ごめんなさい……」

そうか、そのことは考えてなかった。

豊かになるってことは、それを狙って来る人たちもいるってことだ。

「いえいえ、アレス様が気にすることではないですぜ。そいつらから領地を守るのが、俺らの仕事ですから」

「そうよ、アレス。そもそも、急激な発展には付き物だし」

「そうなんだ……うん、わかった」

俺に前世の知識はあっても、そのあたりのことはわからない。

ひとまず、大人たちの言う通りにしよう。

「おっと、辛気《しんき》くさい話をしちまった。それで、今日はどんなご用で？」

「私も、ここで働こうかと思って。事務員とか、冒険者としてね」

「おっと、それは助かりますが……よろしいので？」

「ええ、ありがたいことに領の農作物の仕事については、人が十分に足りてるみたいだし。だったら、私にしかできないことをするべきだわ。きっと、まだ業務を担当できる人がいないでしょ？」

「あっ、そういうことですか。すでに冒険者ですし、皇都でたくさんの勉強をしてきた姉さんなら適任ですね」

何より、領主の娘だから、領民とも意思疎通しやすい。

発展してきたら、癒着《ゆちゃく》とかの心配もあるけど、姉さんなら平気だ。

「助かりやす。実は、まだ自分の秘書もいないような状態なので……」

「あら、なら私が秘書をやるわ」

「ええっ!?　い、いや、ヒルダ様をこき使うわけには……」

「関係ないわよ。冒険者ランクは、ランドの方が上なんだから」

えっと、冒険者ランクは……S、A、B、C、D、E、F、Gの八ランクあるんだっけ？

それで姉さんはDランクで、ランドさんはBランクとか言ってた気がする。

「そ、そりゃ、そうですけど……」

「それにギルドマスターの管理と、全ての仕事内容を理解できるのが……冒険者にして、領主の娘である私以外にいるとでも？」

「……参りましたぜ。では、お願いしま……お願いしよう」

「ええ、畏《かしこ》まりました。では、以後よろしくお願いいたします」

ふんふん……ここでは、あくまでも上司と部下ってことかな。

それにしても、みんな姉さんには逆らえないみたいですねっ！


その後、一緒にギルドマスターの部屋に案内され……。

姉さんは仕事の説明を受けるというので、その間に冒険者のパンフレットを眺めることにする。

俺も、来年には冒険者登録するかもしれないし。

そろそろ、最低限のことは知っておいた方がいいかも。

「えっと……今知ってるのはランクがあること、大陸中にある独立した組織だってことくらいかな」

ソファーに座ってページをめくっていく。

「なになに……冒険者とは、元々未開の地を求める者の総称だった。それが次第に、ダンジョン探索者、魔物を討伐する者、雑用をこなす者……まあ、この辺は前世の知識と一緒かな」

要は、なんでも屋ってことだよね。

依頼を受けて仕事をこなしたり、自ら冒険に出てダンジョンに行ったり。

それ以外にも荷物運びや、街の清掃なんかも冒険者が引き受けたりする。

「もしかしたら、ある種のセーフティネットってやつかな？　冒険者という職があることで、犯罪に走ってしまう人とかも減るし。十歳から登録できるっていうのも大きいね。だから、国も存在を認めているのかな？」

「……恐ろしい子」

「ほんとだぜ」

「あれ？　もう終わったの？」

いつの間にか、二人が後ろから覗いていた。

「別に大したことじゃないから。あそこでは話せないことを、軽く確認しただけよ。それより、気になること言ってたわね？　よく、そんなことがわかったわね？」

「ほんとだぜ。冒険者の仕組みを理解してるのは、ある一定水準を超えた奴らだけだっていうのに」

「それでも、理解できない者が多いわ」

「別に読めばわかりそうだけど……？」

まあ、前世の知識もあるとは思うけど。

それでも、少し考えれば思いつくよね。

「そう……ますます、アレよね」

「アレですな」

「アレ？」

「末恐ろしいってことよ。ほら、続きを読む」

「は、はいっ！　えっと……冒険者のランクは、依頼を受けることで上がっていく。依頼を受けた数も大事だが、実績や審査によってギルドから打診が来る。それで試験を受けて合格すれば、晴れてランクアップすると……」

「試験は、どうして必要だと思う？」

うーん、俺が冒険者ギルドの経営者だとして、困ることは？

……きちんと依頼を達成してくれなかったり、依頼者と揉めたりすることかな。

「冒険者はただ強いだけじゃダメってことかな？」

「正解よ。例えばの話、強敵モンスターを倒せても、依頼した素材を持ち帰らなかったら冒険者としては二流よ。あと、無理をしてパーティーメンバーを死なせるとか。そういう事態になったら、兵士や騎士の領分ね」

「なるほど……それはそうですよね。あとは、信用が置けるかってことですね？　いざ依頼をした時に、この冒険者ならやってくれるという」

「それも正解。うん、説明することがないくらいね」

「ほんとですぜ。これなら、すぐに冒険者になれますな」

「ほんと⁉　やったぁ！」

「ふふ、そうね。でも、強さが必要なのも事実……じゃあ、アレス」

……なんだろ、姉さんの顔つきが変わったぞ？

「な、なんでしょうか？」

「今から、お姉ちゃんと遊びましょ？　そう、約束通りにね」

「は、はいっ！」

絶対に何か違うけど、俺に逆らうという選択肢はなかった。


二人に連れられ、冒険者ギルドの隣にある訓練所に行く。

ここでは、それぞれの力量を試したり、パーティーの連携の打ち合わせなどもする。

つまり……遊ぶとは模擬戦のことでしたっ！

「では、俺が立会人を務めましょう。双方、戦いは魔法のみでやること」

「ええ、わかったわ」

「はいっ！」

それぞれ距離をとって向き合う。

そういえば、姉さんとこうやって戦うのは初めてだ。

前に姉さんがいた頃は、俺が魔法を覚えたての頃だったし。

「言っておくけど、手加減したら承知しないわよ？」

「も、もちろんですっ！」

「よろしい……じゃあ、どこからでも撃ってきなさい」

姉さんは魔法の専門学校を首席で卒業したって話だ……よし、ここは胸を借りるつもりで。

「いきます！　アクアボール！」

「いでよ！　ファイアーボール！」

水の玉と火の玉がぶつかり、双方が消滅する。

「へぇ、さすがね」

「いや、姉さんこそ。火は水に弱いのに、相打ちになっちゃった」

それは魔力精度や濃度が、姉さんの方が高いからだ。

俺は魔力も多いし希少な氷魔法を使えるけど、姉さんだって才能は負けてない。

「ふふ、さすがにまだ負けられないわよ。さあ、次々来なさい」

その言葉に従い、俺が使える水魔法を放っていく。

「アクアランス！」

「フレイムランス！」

「アクアショット！」

「フレイムショット！」

すると、それぞれ対応した火属性魔法で相殺《そうさつ》された。

「うわぁ……元々水魔法に威力がないとはいえ、全部撃ち負けてるや。しかも、姉さんも無詠唱だし」

「まあ、アレスに負けるわけにいかないから頑張ったわよ。じゃあ、次はこちらからいくわよ？フレイムアロー！」

姉さんの周りに火の矢が現れ、それらが一斉に向かってくる！

落ち着け！　こういう時は詠唱する場面だっ！

「水よ！　我が身を守りたまえ――アクアウォール！」

俺の目の前に、水の壁が現れ……火の矢を打ち消していく。

「へぇ、防御も上手いわね。何より、魔力量が尋常じゃないわ。今、相当な魔力を込めたでしょ？」

「はい、そうしないと貫かれると思ったので。魔力精度よりも、魔力量で押しきりました」

「うーん、褒めて良いのかわからないわね」

……確かに、制御が未熟だと言っているようなものだよね。

「それじゃあ、僕だけが使える水魔法を使うよ」

「へぇ？　……それは楽しみね」

俺は水属性の地位向上も目指している。

水魔法は、今のように攻撃魔法なのに、弱点である火に負けちゃうくらいだ。

だから、それでも、打ち勝てる魔法を。

「イメージは、全てを切り裂く水の刃……」

俺は腰に鞘《さや》があるつもりで、居合《いあい》の構えを取る。

コレが日本人の俺には、一番イメージがしやすい。

「面白い構えね。じゃあ……いくわよ！　フレイムランス！」

「水よ、我が敵を斬る刃《やいば》となれ――アクア《水》カッター《刃》！」

居合切りを放つように、手を振りきると……俺の手から高圧縮された水の刃が出る！

それは、火の槍《やり》と衝突し……そのまま切り裂く！

「なっ!?　わ、我が身を守れ！　ファイアーウォール！」

俺の放った水の刃は、火の壁に当たり……ようやく消え去る。

これが、俺だけが使える水魔法だ。

水は高圧縮させれば、凄《すさ》まじい切れ味になることを知っているからだ。

まだ無理だけど……いずれは、高圧縮レーザーとか出してみたいね！

でも、姉さんもすごい。

とっさに火の壁を作って、俺の水刃をかき消しちゃったし。

まあ、姉さんなら平気だと思ったから使ったんだけどね。

「双方やめ！　これ以上は危険と判断した！」

「……そうね。これ以上やると、本当に楽しくなっちゃうかも」

「ひぇ、それは怖いのでやめておきますね」

俺と姉さんは構えを解き、それぞれ歩み寄っていく。

「アレス、驚いたわ。まさか、私の炎を切り裂くなんてね」

「いえいえ、姉さんこそすごかったです。まだまだ、敵《かな》いそうにありません」

「ふふ。お姉さんとして、そう簡単に負けるわけにはいかないわ。もう少しは、頑張らないと」

すると、ギャラリーたちから拍手が起きる。

そして、次々と言葉が飛び交う。

「すげー！　あんな魔法の応酬《おうしゅう》を、こんな田舎《いなか》で見れるとは！」

「アレス様のすごさは知っているが、あの女性もすごいぜ。しかも、両方とも領主様のお子さんときたら……こりゃ、この先も安心だ！」

「聞いた話だと、あの女性がギルドマスターの秘書を務めるらしい。しかもあの若さで、すでにDランク冒険者とか！」

「ほうほう！　それなら安心だ！　強さもあって実績もあるなら、領主さんの娘さんでも構わないしな」

俺は、周囲の反応を見ながら納得する。

ふむふむ、そういうことか。

まあ、ここで言うことじゃないし……あとで確認しよっと。

その後、再びギルドマスターの部屋に戻る。

「やれやれ、ものすごい魔法の応酬だったな。まったく、末恐ろしい方々だ」

「まだまだ未熟よ」

「うん、全然だよ」

俺と姉さんが口を揃えて言うと、ランドさんが天を仰《あお》ぐ。

「ったく、基準がおかしいんだよ。あんな魔法を撃てるのは、Ｃクラス相当だってのに……まあ、とりあえず目論見《もくろみ》は成功しましたな」

「あっ、やっぱりそうだったんだ」

「アレス、気づいてたの？」

「別に大したことじゃないよ。多分、あの模擬戦の本当の目的は……姉さんの強さを見せることでしょ？　姉さんは領地を離れていたから、最近の領民の人たちには認知度が低い。だから冒険者の人たちの中には知らない人もいる。その人たちが言うことを聞くっていうか、一目置くようにしたんじゃないかなって」

だから、わざわざ人が多い時間帯を狙ってギルドに来たんだ。

これなら、余計な手間が省《はぶ》けるし。

「……その通りよ」

「あと、そうしないと秘書になった時に困るし……コネだって騒ぐ人もいるかもしれないよね？」

「アレス、百点満点の回答ね。ふふ、お姉ちゃんは嬉しいわ。そういう頭の良い話をできる人は少ないから。あのアホは相変わらずだし」

「別に普通だよ。アホって……シグルド兄さん？」

「そうよ。あいつってば、全然変わってないわ。街中でも大声で『姉貴～！』って言ってきて、恥ずかしいったらありゃしない」

「ははっ！　兄さんらしいね！　……僕は会いたいなぁ」

兄さんは一度も領地に帰ってきてない。

何やら、忙しくしてるって話だけど。

でも、跡《あと》継《つ》ぎなのに良いのかなって思う。

「まあ……そのうち、嫌でも会うわよ。あなたが皇都に行く頃に、あいつは卒業するけど」

「そうだったね。また入れ替わりで、僕だけが一人かぁ……寂しいな」

ちょうど年齢差があるから、仕方のないことだとはわかってるけど。

それでも、寂しいことに変わりはない。

「ほら、暗い顔をしない。だから、この一年の間はお姉ちゃんがいるから。あと、あっちではアイラが待ってるわ」

「うんっ！　そっか、アイラがいれば寂しくないね」

「むしろ、あなたが相手をしてあげなさい」

「どういうこと？」

「まあ、行けばわかるわよ。とりあえず、アレスは領地のことを気にする必要はないわ。ほとんどのことは、私が引き継ぐから。あとは、少しゆっくりしなさい」

「えぇー、まだやりたいことたくさんあるのに……」

かき氷とか作るために、森の奥に行ってシロップになりそうな素材を探すとか。

あとは練乳とか、アイスとかも作ってみたい。

でも、まだ魔法の制御というか、基礎を完璧にしてからじゃないといけないって、エリゼからきつく言われている。

だから、まだ作れていない。

「アレス——お姉ちゃんの言うことが聞けないの？」

「だって、まだまだ領地は発展途上だよ？　僕がいるうちに、どんどんやっていかないと」

すると、姉さんが怖い顔をして近づいてくる。

そして膨れっ面《つら》をしていた俺の頬を、姉さんが引っ張った。

「ひゃい!?　痛いてふっ!?　なにしゅるの!?」

「生意気言うからよ。これは、愛の制裁ってやつね」

「うぅー……痛いよぉー」

「悪かったわよ。でもね、アレス……よく聞いて」

その目は真剣で、俺は痛いのも構わずに姿勢を正す。

「は、はいっ！」

「あのね？　あなたが色々と動いてくれるのはありがたいわ。それが私たち家族、ひいては民のためだとわかってるから。でもね、人は急激な変化にはついていけないの。誰もが、あなたみたいに優秀で頭が良いわけではないの」

「あっ……」

そうだ……。俺にとっては前世の知識にある、当たり前のことをしているだけだとしても、この世界の人にとっては驚きの連続だろう。

むしろ、みんな良くついていきてくれてる。

本当なら、俺なんか気持ち悪く思われても仕方ないのに……。きっと、父上が皆から信頼を得ているからだ。

間違っても、俺の力などと考えてはいけない。

「あと、何もかもを一人でやらないで。なんのために、私たちがいるの？　助け合ったり、協力するのが家族じゃないの？　どっちか一方に負担がいくなんて、それは不健全な形だと思うわ」

「……はい、その通りだと思います」

自分のやりたいことと、出ていく前にどうにかしなきゃって気持ちが強すぎた。

今、ガツンと……頭を殴られた気分だ。

今まで、散々言われてきたじゃないか。

いつの間にか、周りが見えなくなっていたみたい。

「できれば、あなたには独り善《よ》がりな人になってほしくないの。もっと人に頼ったり、時には甘えたり……そういうことができる人になってほしい。お姉ちゃんのわがままだけど、聞いてくれる？」

「ヒルダ姉さん……はいっ！」

「うん、良い子。だったら、あとはお姉ちゃんたちに任せなさい。あなたは、もっと他のことをしなさい」

「それって？」

「それは自分で考えなさい」

「むぅ……わかりました」

すると、姉さんが俺を抱きしめる。

「それと……アレスが私たちのことを大事に思っているように、私たちもあなたを大事に思っているってことを忘れないで——たとえ何があろうとも」

「……うんっ！　忘れないよっ！」

そう言うと、姉さんが微笑《ほほえ》んでくれるのだった。

＊＊＊

その日の夜、俺は自分の部屋で考えごとをする。

姉さんに言われた言葉を、今一度思い出しながら。

「うーん……急ぎすぎたかなぁ。姉さんが遠回しに言っていた通り、焦っていたのかもしれないね」

　家族のために、自分の存在意義のために。

　前にも、叱《しか》られたのに……。ダメだね、生まれ変わったのに。

「……でも、俺には叱ってくれる家族がいる。そのことを、幸せに思わないと」

　家族……そういえば、俺ってちゃんと家族と過ごしてる？

　ここ二年間はあちこち走り回って、全然のんびり過ごせてない気がする。

　あと、この領の本来の仕事を手伝ったことがない。

　俺は半年後にはここを出ていって、皇都に何年も行って帰ってこられないのに。

「……はぁ、自己嫌悪だなぁ。いや、今からでも間に合うかな？」

　そう思った俺は、明日から行動を開始すると決意して、早めに眠りにつくのだった。

3　父上と領民

　そして、翌朝……いつもより早起きをする。

　二度寝はしないように、頑張ってベッドから出て、一階のリビングに向かう。

「母上！　父上！　おはようございます！」

「あら、アレス。どうしたの？　こんなに早起きして……」

「ふむ。昨日もヒルダと出かけたり、魔石に魔法を込めたりして疲れているだろう？」

「平気です！　昨日は早めに寝ましたっ！」

いつもなら寝る前に魔石に氷魔法を込めるんだけど、昨日はしなかった。

あれをすると疲れて、その分起きるのが遅くなっちゃうし。

「あら、そうだったのね」

「そうか。それで、どうした？」

「えっと……今日は畑仕事ですよね？　僕もお手伝いしても良いですか？」

領地が発展してきたけど、二人は未だに畑仕事をしている。

俺は、それをお手伝いしたことがなかった。

それじゃあ、ダメだよね。

「……アレス。ふふ、もちろんよ」

「……ああ！　よし！　一緒に汗を流すか！」

「はいっ！」

すると、両親が笑顔で返してくれた。

まるで、俺が言い出すのを待っていたかのように。


その後、ご飯を食べて……先に両親が仕事に出ていく。

俺はエリゼと一緒に、着替えをする。

「アレス様、何かに気づいたのでしょう？」

「うんと……最近、父上と母上と過ごしてないなって。俺ってば、魔法の鍛錬《たんれん》や剣の修業とかばっかりしてて。あと、金色鳥やイノブタの飼育とか」

「そうですね。それらは考えついたアレス様にしかできないことです。何より、氷魔法を使えるのはアレス様のみ。そちらに意識が向くのは仕方のないことですが……」

「うん、わかってるよ。でも、姉さんにと話しててふと気づいた。僕は全然、畑仕事とか家の仕事をしてないって。本来なら、そっちを手伝わないといけないのに」

俺は色々と順番がおかしいけど、畑仕事を手伝うくらいの年齢だ。

「まあ、アレス様に必要かどうかはわからないですが……いえ、きっと役に立ちます」

「そうなの？　まあ、とりあえずやってみるね」

着替えを済ませた俺は、エリゼと一緒に畑へと向かうのだった。

＊＊＊

その後、畑仕事に精を出す。

「うわっ!?」

「ははっ！　もっと腰に力を入れないとダメだな」

「ふふ、まだ大根は早かったかしら？」

「むぅ……大根が抜けない」

引っこ抜こうとしたら、尻餅をついてしまった。

他の人参《にんじん》とかの野菜は、割と簡単に取れたのに。

「どれ、父さんが見本を見せてやろう……それっ」

「そりゃ、そうですよ。僕と父上では力が違いすぎます」

「まあ、それもある。しかし、大事なのは力だけじゃない。それは、何事にも通ずることだ」

「それはなんとなくわかりますけど……」

「よし、父さんが手伝ってやるから一緒に抜いてみよう。一つ、コツを教えてやる」

「はいっ、お願いします」

大根を握る俺の手に、父上の手が添えられる。

「良いか？　大根は、ネジのように回りながら土の中へ伸びていくらしい。理由は、太陽を浴びるために東から西へ自ら回っているためだとか」

「……なるほど、理にかなってますね」

「なので抜く時は、反対回り……つまり、西から東へ反時計回りに回しながら抜くと、力を入れずに抜けるぞ」

……そういうことか。

捻《ねじ》れているから、そのまま引っ張ったら取れないのは当然だ。

「わかりました！」

「よし、一緒にせーのでいくぞ？」

「はいっ！」

「「せーのっ！」」

言われた通りに抜くと、大根が綺麗に抜けた。

というか勢いよく抜きすぎて、二人して尻餅をついてしまう。

そのままゴロゴロと転がり……泥だらけになってしまった。

「「……あははっ！」」

二人で顔を見合わせて、思わず笑い合う。

「父上！　顔が泥だらけですよっ！」

「いやいや！　お前の顔もだからな!?」

「ふふ、二人して子供みたい」

母上に見守られながら、二人ではしゃぐ。

なんだが、それだけで楽しい。

こういうことするのを、忘れていた気がする。

「ほら、この調子でどんどん抜いていくぞ」

「うんっ！」

「そうね、やっていきましょう」

その後も、日が照りつける中、農作業を続ける。

すると、全身から汗が噴き出てくる。

みんなは、こんな中で作業しているんだ。

これは大変だ……本当なら、こういう仕事をする人にこそ、俺の氷が必要なんじゃ？

そんな当たり前のことに、今さら気づくのだった。


朝から二時間くらい作業をしたら、一度休憩に入る。

椅子もない場所に、一般の人に交じって、父上がどかっと座って談笑している。

俺はコップに水と氷を入れて、それをみんなに渡したあと……母上と一緒に、少し遠くから父上たちを眺める。

「おいおい、グレイ。まさか、もうへばったんですかい？」

「うるせえよ。こっちは、もう四十歳だぞ？」

「なぁに、まだまだひよっこでさぁ」

「こいつの言う通りだぜ。こちとら、今年で五十歳ですぜ？」

「ははっ！　それを言われると痛いな！」

「「違いねえや！」」

その姿は、言い方はあれだけど……ただのおじさんって感じだ。

「母上……父上は貴族なんですよね？　いや、民との距離が近いのはわかっていたんですけど」

何度も一緒に出かけたことがあるから、それはわかってるつもりだった。

でも、その時はここまで砕《くだ》けてはなかった気がする。

何より、最近は人が増えたので、貴族らしく振る舞っていたように見えた。

「ふふ、そういえば見るのは初めてよね。でも、本来の姿があっちなのよ。普段は無理して偉そうっていうか……線引きをしているのね」

「線引きですか……」

「あそこにいる人たちは、グレイが領主になる前から知ってる人たちなのよ。だから、グレイも肩肘《ひじ》張らずにリラックスしているわ」

「そうなんですね……もしかして、僕のせいで父上は窮屈《きゅうくつ》になりましたか？」

領地を開発してから、父上は忙《せわ》しなく働いている。

それこそ、こうして農作業をする日が減っているくらいに。

姉さんの言う通り、もっとゆっくりやるべきだったかなぁ。

「そんなことはないわよ。あなたのしたことによって、確実に民は救われているもの。私が言いたいのは、そういう人たちを作っておくと良いってことね。どんなに偉くなっても、変わらずに接してくれる人を。もちろん、逆もしかりよ？　どんなに偉い人でも、そういう人たちが必要だと思うの」

「……自分の素を見せられる人ってことですか？」

「ええ、それで合っているわ。人は偉くなると、孤独になっていくもの……アレスも、そういう人がいたら気にかけてあげてね」

「気にかける……具体的にはどうしたら良いですか？」

「そうねぇ……もし、アレスの知ってる人が偉くなったとしましょう。その人に会ったら、態度を変えないとか。もちろん、場所や人によって違うから一概には言えないけど」

「ふんふん、時と場所を考えてってことですね？　あそこにいる人たちも、他の人の前では父上に畏まるみたいに」

「ええ、そういうことね。グレイにとっては、安らぐ時間なんだと思うわ。アレスも、そういう相手を見つけると良いわ。これから、学校に行くわけだしね」

「はいっ、わかりました」

そっか、学校かぁ。

アイラ以外にも、友達ができるかな？

そういえば、同性の友達っていないや。

その後、再び仕事をして、お昼前に終わりとなる。


そして、お家でお昼ご飯を作るというエリゼと母上を待っていたら……。

「アレス、少し良いか？」

「はい、父上」

「今日は手伝ってくれてありがとな。お前が自分から言ってくれて嬉しかったぞ」

そう言い、俺の頭を撫でる。

それだけで、全身の疲れが取れたような気分になる。

「いえ、むしろ遅かったくらいです。どうして、今まで手伝えと言わなかったのですか？」

俺が尋ねると、父上は笑みを浮かべた。

「お前にしかできないことが多いという理由と……お前自らが気づくことが大事だと思ったからだ。さっきの俺を見て、どう思った？」

「なるほど……父上は民との距離が近いことを、改めて実感しました」

領地は発展してるのに、未だに偉ぶる様子もない。

かといって、威厳がないわけでもない……不思議なバランスだ。

「多分、シエラが言ったかもしれないが……それには補足がある。実は、俺は意図的にやっている。もちろん、自分がリラックスできる場所というのに嘘はない」

「意図とはなんですか？」

「貴族は民から畏怖《いふ》される存在だ。その気になれば、民をどうとでもできるからな。だが、それではいけないと思っている。時に民の目線に立ったり、同じ仕事をしたり、同じ釜《かま》の飯《めし》を食ったりする。そうすれば、お互いの大変さや気持ちがわかるだろう。何より、貴族という存在を近くに感じてもらうことができる。そうすれば、ただの畏怖するべき存在ではないと気づいてもらえる」

「……少し難しいですね。こう、バランスっていうか」

「うむ、その通りだ。それがわかるなら大丈夫だ。まあ……ただの父親としては、お前には民にも優しい男になってほしい」

そう言い、父上が優しく微笑んだ。

俺は父上に褒められたい気持ちで、先ほど思いついたことを考える。

多分、あれがあったら喜ばれるよね。

「……じゃあ、早速いいですか？」

「うん？　なんだ？」

「畑仕事をしている人たちのために、氷の魔石を作りたいです。あの作業は、とても大変ということがわかりました」

「ほう？」

「あと、彼らの作ってるものを食べているのに、彼らの仕事を何も知らないということにも気づけました」

というか、気づくのが遅すぎる。

本来なら、領民と直《じか》に触れ合うのは一番にやるべきことだった。

「……そうか、それに気づけたか」

「えっ？　どういうことですか？」

「いや……実際に民と接し、そういうことに気づけることが大事なのだ。我々貴族は、決して偉くはない。対等とは言えないが、民に生かされているということを……それを、アレスには忘れないでほしい」

「はいっ！」

「よし、じゃあ、お前に任せるとしよう。ただし無理はしないこと。お前は、もっとゆっくりしなさい」

「は、はいっ！　じゃあ、僕は一年の間に仕上げていきます！」

それを以《もっ》て……ひとまず俺の仕事は終わりかな。

そのあとのことは、皇都にいる間に考えようっと。

＊＊＊

そして、あっという間に一年が過ぎ……俺が皇都に旅立つ前日となる。

時間の経過が早く感じたのは、多分充実していたからかも。

姉さんと遊んだり、父上や母上とお話ししたり、エリゼと狩りに行ったり。

そして今日は、最後の夜ということで、みんなでリビングで寝ることになった。

俺は姉さんと一緒に、布団の中に入っている。

その左右には父上と母上が、ソファーにはエリゼが腰をかけている。

「こういうのって初めてだね？」

「いや、そんなことないぞ？　お前が赤ん坊の頃は、お前が寝ている部屋に集まって寝ていたものだ。皆、お前が可愛くて仕方なかったからな」

「そうよ、アレス。シグルドとヒルダなんて、大変だったのよ？　どっちがアレスの近くで寝るとか、どっちがお世話をするとか」

「へぇーそうだったんだ。さすがに覚えてないや」

その頃は転生したとはいえ、赤ん坊だったし。

というか、ほとんど寝てた。

「ほんとよ。あいつってば、私の邪魔をしてきて……まあ、楽しかったけどね」

「ふふ、そうですね。シグルド坊ちゃんも、あちらで楽しみに待っているでしょう」

「そっか、やっと兄さんに会えるんだね。あと、アイラにも。そういえば、どこに行けばアイラに会えるんですか？」

結局、そのあたりのことは教えてもらっていないや。

アイラがどこにいるとか、何をしているとか……なんでだろ？

「それは、明日出かける際に軽く説明しよう」

「えぇ～気になって寝れな……ふぁ」

「おいおい言ってることと、やってることが違うぞ？」

「ありゃ、おかしいなぁ」

「もう寝ると良い。明日の朝は、早いからな」

「でも……最後の夜だもん。明日には、みんなに会えなくなる」

「大丈夫だ、また会えるさ」

「そうよ。私たちは、ここであなたを待っているわ。あなたが、どこで何をしていようとも」

「私がいるから安心しなさい。アレス、あなたは広い世界を見てね」

ダメだ限界だ……意識が飛んでいく。

まだ、みんなと話をしていたいのに。

＊　＊　＊

……寝たか。

アレスが寝てしばらく経ったあと、布団から出てベランダに出る。

すると、シエラがあとを追ってくる。

「あなた、寝れないの？」

「シエラ、君もか。ああ、少し感慨深くてな。無論、寂しくもあるが」

「ええ。いよいよ別れだと思ったら寂しくて。ずっと顔を見ていたいけど……そしたら、泣いちゃいそうだから」

シエラは、私とは違った意味でも寂しいだろう。

産んでこそいないが、アレスを本当の子供のように思っている。

私には、アレスを真《ま》っ当《とう》に育てるという義務があったからな。

もしもの時に備えて……エゴかもしれないが、アレスには民のことを考えられる男になってほしかった。

「ああ、気持ちはわかる。しかしヒルダはともかく、我々は明日は笑顔で送り出そう。そうしないと、アレスが不安に思うし旅立ちにくいだろう」

「ええ、わかっているわ。それにしても早かったわ……あの子が来て、もう八年くらいになるのね。あの日、ランドが慌てて連れてきた子供が。あの子が妊娠したって伝令からの知らせが届いたばかりで、とても驚いて……とても悲しかったわ」

「親友である君はつらかっただろう。無論、仲間であった私もだ。何より、アレスは似ているからな。優しくて元気で明るくて、みんなを笑顔にする女性だった」

「ええ、よく似ているわ。それで……アレスは、これからどうなるの？」

「まだわからない。アレスが皇子として、これから育つのか……はたまた、普通の貴族として生きるのか、または一般人として生きるのか。それは、誰にもわからない」

おそらく、それはこれからの情勢によって変わってくるだろう。

あとは、ゼノスがどうするのか……そればかりは、私にもわからない。

「そうなのね。皇太子殿下次第ってこともあるし……自分が皇子だって知ったら、アレスはどうなるのかしら？」

「どうだろうな……アレスには、一応教えたつもりだ。どんな立場になろうとも、相手の目線に立って話せる者になれと。きっと、皇子になったとしても必要なことだろうから」

「それについては、そこまで心配していないわ。アレスは、そういう子に育ってくれたし、元々優しい子だと思うから。ねえ、わかってるでしょ？　私の言いたいこと」

「ああ、わかっている。私たちの本当の子供じゃないと、アレスが知った時だな？」

そのことは、あまり深く話したことはない。

我々自身も、どうなるかわからないし……怖いという気持ちが強い。

「ええ、そうよ。私たちはアレスを愛しているわ。でも、立場というものもあると思うの」

「……そうだな。最悪、臣下の礼を取って距離を置く必要はある。だが、それでも我々はアレスを愛し続けよう。それを伝えるしかあるまい」

「……そうね、そうしましょう」

「何より、ある程度は覚悟した方がいい。アレスは規格外だからな。それに、少し抜けてるというか、お騒がせ者というか……まあ、何かしらの騒動は起きると思う」

そもそも氷魔法を使えるというのが、規格外だ。

おそらく、あちらでも話題になるだろう。

そうすれば、否応《いやおう》なく騒動に巻き込まれる可能性がある。

「ふふ、そうね。あの子ってば、小さい頃からそうだったから。びっくり箱みたいで、それが楽しくて……ありがとう、なんだか寝れそうだわ。私たちは、変わらずあの子を見守りましょう」

「ああ、そうしよう」


シエラが寝屋に戻ったあと、一人夜風に当たる。

「アイラ皇女にアレス皇子か……運命とは、面白いものだな」

皇族の血を引いているのに、血の繋がらない田舎貴族に育てられたアレス。
皇族の血を引いていないのに、皇族として育てられたアイラ。
「真実を知った時……果たして、アレスはどんな反応をするのか」
そして……誰にも言っていないが、私には使命がある。
もしアレスが窮《きゅう》地《ち》に立たされた時、父として守ってやることだ。
そのためには、やることは山ほどある。
アレスが頑張ってくれた領地開拓を、今以上に進めていく。
街道整備や、兵力増強もしていかないといけない。
「明日から、また頑張るとしよう」
いざという時に、大事な息子を守れるように。
あの子がどんな立場になろうとも、私の息子に変わりはないのだから。

4　旅立ち

翌朝、いよいよ旅立つ日がやってきた。
寂しくもあり、嬉しくもある。
俺の気持ちは、自分でもよくわからない状態になっていた。

そんな中、迎えの馬車が来たので、門の前に集合する。

「父上、母上、ヒルダ姉さん、エリゼ……行ってきます。今まで、お世話になりました」

「おいおい、何を他人行儀なことを言っている」

「ええ、いつでも帰ってきてね」

「むしろ、帰ってこないとお姉ちゃんは悲しむわよ？」

「ええ、皆待ってますから」

「うん、ありがとう」

わかってる、みんなが俺を大事に思ってくれていることは。

ただ、俺はどうしても言いたかった。

前世の記憶を持った俺を、ここまで育ててくれてありがとうって。

きっと、変に思ったこともあるだろうに。

それでも、変わらずに愛してくれたから。

「それと、お前の作ってくれたクールシートは活用させてもらおう」

「そうね、私たちも仕事がしやすくなったわ」

「うん、遠慮なく使ってね。きっと、作業が楽になるだろうから。大量に作っておいたから、数年は平気だと思うし」

俺は一年の間に魔力コントロールの訓練を重ねて、ごく少量の冷気が出る魔法を完成させた。

その名も、クールである。

それを魔石に込めて、イノブタの皮で包んだものを首に巻く形にしたのが、クールシートである。

農作業中でも涼しくなるようにと考えたのだ。

冷たすぎてもダメだし、調整が難しかったけど、良い訓練にもなった。

「アレス、金色鳥やイノブタの方は、私に任せておきなさい」

「はい、あとは姉さんに任せます。研究成果についても、姉さんの名義で出してください」

「それは……まあ、あとで考えるわ」

すると、ランドさんが俺の肩に触れる。

「アレス様。名残惜《なごりお》しいでしょうが、そろそろ行きますぜ」

「うん、ランドさん。ごめんなさい、待たせてしまって」

「何、良いってことよ。俺自身も、行く用事がありますし」

ギルドマスターでもあり、Ｂ級冒険者であるランドさんが、俺を皇都まで送ってくれるそうだ。

皇都に住んでいたから、色々と顔が利くということ。

あとはギルドマスターとして、向こうで仕事があるそうだ。

「じゃあ……行ってきます！」

俺は振り返らずに、馬車へと乗り込む。

そうしないと、いつまで経っても離れられそうにないから。

そして、すぐに馬車が走り出す。

「アレスー！　大きな男になって帰ってこいよー！」

「身体にだけは気をつけるのよー！」

「休みになったら帰ってこないと怒るからねー!?」

馬車の窓から振り返ると、三人が手を振り、エリゼが静かに微笑んでいる。

「……い、行ってきまーす！　また故郷《ここ》に帰ってくるねー！」

俺は四人が見えなくなるまで、手を振り続け……馬車の窓を閉める。

すると、我慢していたものが溢《あふ》れてくる。

「……うぅ……」

「……よく耐えましたな」

対面に座るランドさんはそう言ったあと、見ないフリをして窓の外を眺めている。

俺はその心遣いに感謝しつつ、ひとしきり涙を流すのだった。

＊＊＊

……そう、いよいよ来るのね。

その手紙を確認した私——アイラは、お父様の私室に駆け出す！

「お父様！」

「おいおい、ノックをしなさい。それでは、三年前と変わらないぞ？」

「だっ、だって！　アレスが来るって！」

「ああ、知っている。だが、そんなではアレス君に萎縮《いしゅく》されてしまうぞ？　ただでさえ、お前の正体を知らないのだから」

「むぅ……気をつけるわ」

「うむ、しっかりしたお姉さんになりたいのだろう？　足を引っ張るのではなく、アレス君自体を引っ張っていくような」

「うんっ！」

そうだった、私はアレスに見合う女の子になるために頑張ってきた。

つらいお稽古《けいこ》もしたし、剣の修業もやったし、苦手なお勉強もしてきた。

だって、アレスはもっとすごくなっているはずだから。

「ふっ……まあ、気持ちはわからんでもない。俺自身も、感慨深いものがある。あの子が、どんな成長を遂げたのか。そして、これから何をするのか」

「そんなの決まってるわ。アレスは、学校なんかには収まらない。いずれは、一流の冒険者になるの。そして私と、まだ見ぬダンジョンを攻略しに行くわ」

「ふむ……まあ、好きにしなさい。ただし、彼が良いと言ったらだ。お前は、自分の立場をよく考えて行動しなさい。お前はこの国において、一番高いところにいる権力者の一人なのだから」

「わ、わかってるわ。私は皇女で、アレスは男爵の息子ってことよね？」

私が特別ということはもう、嫌っていうほどわかってる。

先に学校に通って、みんなの態度を見ていたから。

……アレスにも、他人行儀な感じにされたら悲しいな。

「そうだ。お前が言えば、誰もが断ることができない。そもそも……お前、友達がいないしなぁ。唯一の友達を失っても知らないぞ？　間違っても、興奮して彼を威圧するなよ？　いくら、大好きなアレス君に会えるからって」

「な、な、なっ――そんなことしないもん！　あ、あと、別に好きじゃないし！　ただの友達だし！」

「ほほう？　夜《よ》な夜《よ》なベランダに出て、ペンダントを眺めているのにか？」

「へっ？　き、気づいてたの？」

「ほう、そうだったのか。ふっ、まだまだ甘いな」

「あっ……お、お父様のバカァァァ！」

カマをかけられたことがわかり、私は部屋を飛び出す。

うぅー……恥ずかしいよぉ。

「でも、仕方ないじゃない」

皇女だから、一貴族の息子と文通なんてダメだって言われちゃうし。

だから、会える日を楽しみにしてた。

……アレスは、どんな男の子になってるかな？

＊＊＊

その後、俺が落ち着いたのを見計らって……ランドさんが話しかけてくる。

「アレス様」

「ご、ごめんね、ランドさん」

「いや、良いんすよ。あなたは、まだ八歳ですから……でも、そうか。もう、あれから八年になるってことか」

「ランドさん？」

ランドさんは俺を見ながら、どこか遠くを見るような表情を浮かべた。

まるで、何かを懐《なつ》かしんでいるように。

「いえ、すいやせん。実は、アレス様が生まれた直後に、この領地に来たんでさあ。アレス様の成長もそうですが、自分が来てからも八年経ったのだと思いまして」

「そういえば、父上に手伝ってほしいって言われて来たんでしたっけ？」

「ええ、そうですな。グレイたちとは、長く冒険者をやっておりまして。二人が領地を継いでパーティーが解散したあと、俺は一人で冒険者を続けていましたが……まあ、それに限界を感じていた時に誘われたって流れですな」

「なるほど。それが、僕が生まれた頃だったたってことですね。あれ？　皇都に行くのはそれ以来ですか？」

「そういうことですな。いやはや、時が経つのは早い」

「でも、助かりました。その、知ってる人がいないと心細かったので……」

外には馬に乗った冒険者たちがいるが、仲が良いというわけではない。

一応、俺は領主の息子だし、開拓の立役者となっているらしいし。

どうも、みんなが畏まってしまう。

というか、多分……変な子供だと思われているんだろうなぁ。

「まあ、そうでしょうな。俺も、それがあって来ましたから」

「ランドさん、改めてありがとうございました」

「何、構いませんぜ……不思議なもんですな」

「そうですね」

俺は肘をついて、馬車の窓から草原が広がっている景色を眺める。

俺が生まれた頃にやってきて、俺と一緒に皇都に八年ぶりに行く。

うーん……なんだが、不思議な縁を感じるね。


その後、馬車は進み続け、少しずつ日が暮れていく。

「アレス様、この辺りで夜営をしましょう。まだまだ先は長いですから」

「はい、わかりました。僕は何をすれば良いですか？」

護衛で来ている、忙《せわ》しなく動く冒険者の方々を見ながら言う。

テントを張ったり、枯れ葉や木を集めて火を起こしたりしている。

「いやいや、どっしり構えていることも偉い者の役目ですぜ。そうしないと、逆に気を遣う人が出てきますから」

「うーん、そうなんだけど……どうも、そういうのは性に合わなくて」

「ははっ！　アレス様らしい！　そうですな……では、魔法で冷たい水をお願いできますか？　まだまだ暑いですし、作業中は喉が渇きますから」

「うんっ！　お安いご用だよ！」

役目を与えられた俺は、コップに水を注いでいく。

そこに氷を入れて、作業している人たちに配ろうとして……一度、立ち止まる。

「立場を考えろか……それは父上もよく言っていた。少なくとも、ここにいる人たちは、俺を領主の息子として見ていると。そもそも、依頼主で護衛対象だし。となると、俺の手伝いたいというエゴで、相手を困らせるのは良くないかな？」

俺は、その場の責任者であるお兄さんに近づいていく。

確か、単身で皇都から来たE級冒険者のライルさんだ。

「あの、ライルさんですよね？」

「こ、これは、アレス様。いかがなさいましたか？」

「いえ、作業が大変だと思うので、冷たいお水でもどうかなって。依頼とはいえ、僕のために作業をしているわけですから」

「なんと、我々のために……やはり、ここに来て良かったです」

「えっと？」

「いえ、我々を気遣ってくれる貴族などいないと思ってましたから。さすがは、ミストル男爵のご子息です。あの方は、冒険者の間でも有名でしたから」

すぐに立ち去ろうと思ったけど、気になる話が出てきた。

父上は、その時代のことをあまり話そうとしないから。

「父上を知っているのですか？」

「さすがに現役時代は知りませんが、先輩から聞いたことがあります。当時は貴族であるとは知られていなかったようですが、一流の冒険者なのに下の者たちにも優しかったと。実際にお会いして、それは真実だとわかりました」

「へぇ！　そうなんですね！」

「ええ、アレス様も優しい方で良かったです」

「それなら父上のおかげですね！　僕は父上みたいになりたいんです！」

父上みたいに、器《うつわ》の大きい人に。

偉くなろうとも、弱き者の目線に立てる人に。

「私が言うのもなんですが、きっとなれるかと……おっと、すみません、話し込んでしまいましたね。それで、我々に飲み物を？」

「はい、そうです。僕が渡していったら、皆さんが気を遣うかなって。だから、責任者であるライルさんにお願いしようかと」

「……お気遣いありがとうございます。では——皆の者！　アレス様が氷水を用意してくださったぞ！　これから配りに行くから、引き続き作業を頑張ってくれ！」

「おおっ！　ありがてぇ！」

「ありがとうございます！」

「よっしゃ！　とっとと終わらせるぞ！」

次々と、そんな声が聞こえてくる。

どうにも照れくさくなり、俺はお辞儀をして、その場を離れるのだった。

ランドさんのもとに戻ってくる。

「ふぅ、これで良いかな？」

「ええ。見てましたが、ご立派な判断かと。本当に、グレイによく似てますな。あいつも、人に気を遣わせないように動いてましたから」

「えへへ、それなら良かったです」

「本当に……わからんものですな」

そう言い、空を見上げて考え込んでしまう。

「ランドさん？　どうしました？」

「……アレス様、大事なお話があります。少し、場所を変えますからついてきてください」

「わ、わかりました」

何やら真剣な表情をしたランドさんのあとを、大人しくついていく。

……一体、なんの話かな？


そのままついていくと、大きな一本の木が視界に入る。

「ちょうど良いですな、あそこにしましょう。この距離なら、聞かれる心配もありやせん」

「う、うん」

そして、大きな木の下にランドさんが座ったので、俺もその隣に座る。

「さて、念のためにエリゼからもらった風の結界の魔石を使いますぜ……これでよしと」

よくわからないけど、人に聞かせられない話ってことか。

俺はある程度の覚悟をもって、大人しくランドさんが話すのを待つ。

「……アレス様は、あの領地から出たことはないですな？」

「えっ？　う、うん、あそこから出たことはないよ。そもそも領地を出ること自体が、今回が初めてだもん。それは、ランドさんだって知ってるでしょ？」

周辺にある村々や、森などにも行ったことがなかった。

なんでも、盗賊や危険な魔物がいるからって。

いくら強くても、子供が領地の外に出かけちゃいけないって。

「ええ、知ってますぜ。まあ、ただの確認なんで。言っておきますが、グレイが治める領地は特殊だと思ってください」

「えっと、どういうこと？」

「グレイは民にも優しく、善政を敷いていますが……そういう貴族ばかりじゃない。中には、民を虐《しいた》げても何も思わない輩《やから》がいる」

「それは……わかってるつもりだよ」

良い貴族もいれば悪い貴族もいるのは、どこの世界でも同じだろう。

皆が良い人だったら、誰も苦労はしないよね。

「知識としては知ってるでしょうが……それは知らないも同然ですぜ。中には、胸糞が悪くなるような奴もいる。その時に、アレス様は耐えることができますかな？」

「……それは、目の前で行われてもって意味だよね？」

「ええ、そういうことですぜ。アレス様は、男爵のご子息……その上の方々には逆らえません。逆らったら、グレイに……ひいては、領民に迷惑がかかると思ってください。もちろん、良い貴族であっても上下関係には気をつけてください」

「うん、わかりました。父上にも、心構えを言われましたし」

間違っても、伯爵や侯爵と喧嘩《けんか》したり、タメ口をきいてはいけないって。

ただし、自分の信念と正義を貫けとも……うーん、難しいなぁ。

「まあ、こればっかりは口を酸《す》っぱくして言った方がいいので。ただ、見て見ぬ振りをしろって意味ではありやせん。要は、頭を使えってことです」

「ふんふん……やられてる相手を、バレないように助ける。または、上手く矛先を変えること？」

「さすがはアレス様ですな。ええ、そういう感じで良いかと。グレイは教えなそうなので、俺が教えます。それが嫌なら……アレス様自身が偉くなれば良い」

「俺自身が偉く……？」

「そうですぜ。もし自分の正義を成したいと思ったら、それを貫ける強さを。そして、それまで耐え抜く強さを身につけましょう」

俺の正義ってなんだろう？

まだ、よくわからないけど……一つだけ言えるのは、皆が笑顔でいると嬉しいってことだ。

あと、できるだけ争いはしたくないかな。

無論、冒険とかは別だけど。

「そのためには、どうしたら良いの？」

「簡単な話ですぜ。冒険者として成り上がっても良い。何かしらの功績を挙げて、貴族として召されるのも良い」

「それは商人でも良いのかな？」

「へっ？　しょ、商人ですかい？　いや、良いですが……」

「ほら、ゼノスさんとかいるし。僕は氷魔法が使えるから、色々と商売を考えているんだ。だから、あそこに弟子入りしたりできないかな？　冒険者とか貴族とかになってもいいけど、まずは商人になりたいんだよね。僕の氷魔法で、みんなが幸せになれるように」

かき氷とか、アイスクリームとかはもちろんのこと。

もっと、皆が過ごしやすいように。

そしたら、気持ちにも余裕が出てくると思うし。

「相変わらず、甘い方ですな。だが、それが良いところでもありますか……商人になること自体は、良いと思います。大商人になれば、上位貴族も無視はできませんし」

「なら、決まりだね」

「……不思議なもんですな、親子ってやつは」

「ランドさん？　なんて言ったの？」

声が小さくて、よく聞き取れなかった。

「いえ……では、大事な話をします」

「あれ？　今までの話じゃなかったの？」

「それを踏まえたうえってことですぜ。まずは、ゼノス様に弟子入りすることは無理です」

「えっ？　そうか、もういっぱいとか？」

ん？　待て待て……今、ゼノス様って言った？

すると、ランドさんはさらりと口にする。

「いえ、違いますぜ。ゼノス様が商人というのは仮の姿……あの方の真の姿は、皇帝陛下なのです」

「……へっ？　またまたー、そんなこと言って……」

ランドさんの顔を見るが、その顔は嘘を言っているようには見えなかった。

「……ほんとなの？　えっ？　どっからが嘘でどっからがほんと？　あれ？　アイラは？」

「落ち着いてください。俺やグレイと冒険者パーティーを組んでいたのは事実ですぜ。嘘というか、言えなかったのは皇帝陛下ということだけです。ゼノス様は、お忍びで来ていたので。何より、我々に友として会いに来たので」

「……つまり、アイラは皇女様ってこと？」

「はい、そうなりますな」

俺の中では、そっちの衝撃が強かった。

そうなると……俺は、どんなふうにアイラと接すれば良いのだろう？

＊＊＊

その後、旅を続け、見たこともない綺麗な景色を見たり。

初めて見る領地の村々や、小さな町を訪ねたり。

どれもが、とても新鮮で楽しかったけど……俺の頭の中は、アイラのことでいっぱいだった。

ただ、普通に友達として会えるって思ってたから。

でも、そうはいかないってことだよね……。

「アレス様、そろそろ着きますぜ」

「そ、そうなんだ」

「……すいやせん、俺が余計なことを言ったばかりに。せっかくの、初めての旅がつまらないものになりましたな。それに皇都でも、色々と楽しみにしていたのに」

「あ、頭を上げてください！　ランドさんは何も悪くないです！　それに……嫌な役目を押し付けてしまいました。きっと、父上や母上たちが伝えるはずだったのでしょう？」

何やら、両親の様子がおかしいのは気づいていた。

俺に何かを隠しているような……多分、これのことだったんだろう。

「いえ、本人たちは自分たちで伝えると言い張りました。しかし、俺が伝えるとゴリ押しをしました」

「えっ？　どうしてですか？」

「あそこにいる間は、楽しい思い出があれば良いと判断しやした。だから、ギリギリまで黙っていようと。そして、それを提案したのは俺です。だから、グレイたちは悪くありやせん」

確かに……もし事前に聞かされていたら、気になって最後まで楽しめなかったかも。

ガキみたいに両親に詰め寄ったりして、気まずい感じになっていたかもしれない。

「ランドさん……本当に、ありがとうございました」

「いえ、お気になさらずに。これも、俺の役目でしょう。そして、アイラ様も好きで騙《だま》していたわけではないことをわかってやってください。おそらく、アレス様に罪悪感を抱いているはずです。難しい問題ですが……友達のままで」

「うん、それはわかってるよ。僕も、色々と考えたから」

「なら良かったですぜ。それより、少し休んだ方がいいかと。最近、寝ていないでしょう？　そろそろ着くとはいえ、もう少しあります。着いたら起こしますから」

「うん、そうするね。ランドさんが早めに言ってくれたから、ちょっと整理はついたし……少し休むね」

クッション付きの背もたれに寄りかかり、意識を預ける。

すると、疲れからか……すぐに意識が沈んでいく。

＊　＊　＊

……寝たか。

「……すまん、アレス様」

俺は嘘をついた。

もちろん、アレス様が領地にいる間は、楽しく過ごせるようにと言ったことに嘘はない。

しかし、それだけではなかった。

それ以上に、グレイたちにつらい役目を負わせるのが嫌だったんだ。

ただでさえ、あいつらにはつらい役目が待ってるかもしれないのに。

いずれ、自分たちが本当の親ではないと伝えるという役目が。

「……ほんと、不思議だよな」

アレス様と話したように、不思議な縁を感じる。

アレス様を皇都から連れ出した俺が、再び皇都に送っていくとはな。

あどけない表情で寝ているアレス様の姿を見ていると、当時のことを思い出す。

当時の俺は、いつも呑んだくれていた。

パーティーを解散して、ソロで冒険者をやっていたものの、毎日がつまらなかった。

あいつらとの日々がどれだけ楽しかったか、別れてから気づいてしまった。

馬鹿でスラム街上がりの俺と、対等に接してくれたあいつらとの日々が。

ましてや、相手は皇族に貴族の息子ときたもんだ……最初は、驚いたっけ。

ゆえに新しいパーティーに入ることもなく、そろそろ田舎にでも帰ろうかと思っていた。

そんな時だった、ゼノスがやってきたのは。

あいつは、ある日の夜中、俺たちパーティーしか知らない隠し小屋にやってきた。


「ランド！　いるか⁉」

「どうした、ゼノス。ダメだろ、お前がこんなところに来ては……それは赤ん坊？　というか、お前……よく見たら血だらけじゃないか⁉」

「俺は平気だっ！　だが、セリアが……！」

それだけで、おおよそのことは理解した。

セリアに何かがあり、ゼノスがこの赤ん坊を連れて、俺を訪ねてきたのだろうと。

そうなると、時間が惜しかった。

俺は事情も聞かずに、ゼノスに問いかけた。

「わかった。友よ――俺は何をすればいい？」

「っ～！　俺を、まだそう呼んでくれるのか……」

「当たり前だろうが。いいから、用件を言え」

「この子を頼む、俺の大事な息子なんだっ……！　この子を連れて、グレイの領地に向かってくれ」

「わかった、俺に任せろ。命に代えても、この子は守り抜いてみせる」

「……感謝する、友よ」

「お前はどうする？」

「俺は後始末と隠蔽《いんぺい》をしないといけない。この子を守って……それが、セリアの最後の言葉だったからな」

「そうか……自暴自棄にだけはなるなよ？」

「そうなりそうにもなったが……」

すると、腕の中の赤ん坊が泣き出す。

「オギャー！　オギャー！」

「アレスっていうんだ……この子の成長を見るまでは死ねないな」

「そうか……よし、すぐにでも出る」

「俺もすぐに戻らなくては。次はいつ会えるかわからないが……達者でな」

「お前もな」


その後ゼノスを見送り、俺は急いで皇都を脱出した。

幸い、グレイたちの子供がすでに生まれていたので、隠し小屋にはミルクなどもあった。

それを与えつつ、急いでグレイの領地へ向かったっけな。

着く頃には瀕死《ひんし》になっていたが、無事に育って良かったぜ。

「まあ、結局居ついちまったがな」

グレイたちといるのが楽しいって気づいてしまったし。

なんだかんだで、のんびりした暮らしも悪くなかった。

まさかの、嫁さんまでできちまうし。

……ほんと、人生っていうのはわからんものだ。

「さて、これからどうなるかね」

本当は皇族なのに、下級貴族の息子のアレス様。

かたや、捨て子だったのに皇族扱いのアイラ様。

「アレス様の言う通り、不思議な縁だよな」

俺とゼノスたちの関係しかり、俺自身のことについても。

この不思議な縁は、どこに行くのか……。

だが、願わくば……アレス様とアイラ様には、俺とゼノスたちみたいな、関係になってほしいと願う。

身分を超えた、大事な人として。

まあ……それを手伝うのが、大人《俺たち》の役目だな。

第2章

皇都

episode
2

5　再会

……ん？　なんだろう？　誰かに揺さぶられてる？

なんか、前にも似たようなことがあったような……。

「アレス様、そろそろ起きてくだせい」

「ふぁ……どうしたの？」

「もうすぐ、皇都が見えてきますぜ」

「えっと……おおっ……！」

馬車の中からでもわかる、巨大な城壁が目に入る。

街全体が黒い壁で囲まれているようだ。

「アレス様、あそこが皇都ですぜ」

「うわぁ……！　あれが皇都……すごいや」

「俺も田舎から出て、初めて見た時は驚きましたな」

「今日から、あそこで暮らすんだ……わくわく」

「くく、そういう部分は、まだまだ子供ですな」

「し、仕方ないよ」

「いえ、すいやせん。俺も、初めて来た時は同じことを思いましたよ」

そして、馬車がどでかい門に近づくと……兵士らしき人たちに囲まれる。

「一度止まってください！　所属と用件をお願いします！」

「俺は冒険者ギルドマスターが一人、剛腕《ごうわん》のランドだ！　今日は、ミストル男爵の子息を護衛しつつ、皇都のギルドマスターに会いに来た！　通知が来ているはずなので、確認をお願いする！」

「少々、お待ちください！　……確かに、通知が来てますね。失礼いたしました、それではお通りください。ただし、その前に荷物検査をしてもよろしいでしょうか？」

「ああ、もちろんだ。急いでないから、ゆっくりで良い」


その後、無事に荷物検査を終えて……皇都の中に入る。

「おお～！　領都とは全然違いますね！」

「ははっ！　それはそうですぜ！」

大通りは、馬車が通れるくらいに広く……両脇には店が立ち並ぶ。

その前では人々が売り買いをし、活気に溢れている。

さすがは、国で一番栄えている場所といったところだ。

「いずれ、あの領地もこうしたいですね」

「それは、どうでしょうかね。あそこには、ダンジョンがないので」

「あっ、そうか。やっぱり、ダンジョンがないと栄えないよね」

「ここの皇都も、元々はダンジョンを元に栄えましたから」

……そっか、順番が逆ってことか。

先にダンジョンがあって、そこに皇都を建てたってことね。

「うちにもダンジョンあったりしないかなぁ～」

「ははっ！　……いや、可能性はゼロではないかもしれませんな」

「えっ？　どういうこと？」

「いや、未発見のダンジョンがあるかもしれませんし」

「未発見のダンジョン……」

確かダンジョンは、何もないところに突然現れるとか。

いや正確には、瘴気《しょうき》が溜まってる場所だとか。

そのあたりは習ってないので、まだよくわかってない。

「まあ、そのあたりのことは学校で習うかと」

「ふんふん、楽しみです」

そんな会話をしていると、馬車がとある建物の前に止まる。

「ここが、冒険者ギルドですな」

「えっと、僕はどうしたら良いですか？」

「とりあえず、ここで馬車を預けますぜ。ここなら、安全ですから」

「えっと……不安な場所もあるってこと？」

「まあ、それもあとで学べますから。ひとまず、降りましょう」

ランドさんの言う通りに、馬車を降りる。

すると、ギルドの扉から誰かが飛び出してくる！

「やっぱり、ここに来たわねっ！」

「わわっ!?」

その誰かが、俺の胸に飛び込んできた。

でも、すぐにわかった。

だって……その綺麗な黒髪が見えたから。

「待ってたわ――アレス！」

「……アイラ……様、お久しぶりです」

俺から離れたアイラを、改めて見てみる。

その気の強い瞳は変わらずに、全体的に女性らしくなっていた。

長い手足や細い身体は、相変わらずネコ科の動物を連想させる。

……端的に言えば、相変わらず美少女だった。

「むぅ……何よ、その他人行儀な感じ」

「い、いえ……」

俺とて、昔のように応えたかった。

でも、ここは人目につきすぎる。

現に今も、俺に対して『誰だ？』という視線が突き刺さる。

「まあまあ、お二人とも。まずは、ギルドの中に入りましょう」

「わかったわ」

「……うん」

ランドさんの一言で、ひとまず安心する。

……だが、俺の覚悟は決まった。

アイラが他人行儀だったら、俺も態度を改めようと思っていた。

でも、そうじゃないなら、これまでのように向き合っていこう。

だって、アイラの首には……俺があげたペンダントが光っていたから。

＊　＊　＊

ギルドの中は、うちの領地にある感じとは違い、市役所のようだった。

誰も飲み食いしてないし、あまり騒いでもいない。

「これが田舎と都会の違いか……！」

「アレス？　何を言ってるの？」

「い、いいえ、都会だなって思いまして」

「……案内してあげるから大丈夫よ」

……へぇ、大人になったなぁ。

以前のイメージでは、「いつまで敬語使ってんのよ!?」とか、怒鳴ると思ってた。

もしかしたら、今はみんなが見てるからかもしれない。

ランドさんが何かを見せると、受付の人が横にある扉の鍵を開けてくれる。

そのまま中に入り、受付の部屋を通り過ぎて、その奥へと案内された。


そして、一番奥の扉に到着する。

「ここがギルドマスターの部屋です。ナイル！　入るぞ！　アイラ様と、グレイの息子も一緒だ！」

「相変わらず、声がでかい奴だ。いいから、さっさと入ってこい」

「はいよ」

ランドさんが扉を開けて中に入るので、それに続いて入室する。

そこは前世で言うところの、校長室のような部屋だった。

左右には棚があり、本やトロフィーらしきものがたくさん置いてある。

中央にはソファーが、一番奥には豪華な椅子と机があり……。

その横に立っている偉丈夫《いじょうぶ》が、おそらくギルドマスターだろう。

「アイラ様、お久しぶりでございます」

「別に普通の言葉遣いでいいわ。あなたは、ギルドマスターなんだから」

「今はまだ、そういうわけにもいきますまい。あなた様は、この国の第一皇女なのですから。無論、冒険者登録した暁《あかつき》には容赦はしませんが」

「ええ、望むところよ」

……本当に、皇女様なんだ。

ギルドマスターなのに、アイラを迎え入れるべく部屋の中で立って待っていたし。

「さて……グレイの息子は、初めましてだな。私が皇都のギルドマスターであるナイル・ハウゼンだ。一応、この国のギルドを統括する立場にあるが、同時に伯爵の爵位を持っている」

「初めまして、ハウゼン殿。ミストル男爵家が次男、アレス・ミストルと申します。いずれ冒険者登録をすると思うので、以後お見知り置き願います」

俺は胸に手を当てて、きちんとお辞儀をする。

これが自分より上の貴族に対する作法だと、エリゼから教わった。

俺はこれを、まだアイラに使っていない。

「……ふむ、噂通りということか。この場にも一切動じずに、しっかりと礼儀作法もできると。さすがはグレイの息子にして、唯一の氷魔法使いか」

「だろ？　これで八歳っていうから驚きだぜ。魔法の腕はC級冒険者並み、剣の腕も悪くないときたもんだ」

「えっと……ハウゼン殿は、父上や僕のことを知っているのですか？」

「まあ、同じ時期に冒険者をしていたからな。古株なら、グレイを知らない奴はいない。そして、お主のことはグレイからの手紙で知っている。『色々と迷惑をかけると思うが、よろしく頼む』だそうだ」

「はは……その場合は、すみません。僕としては、迷惑をかけるつもりはないんですけど」

「アレスは規格外だからねっ！」

アイラがずいっと身を寄せてくるので、少しドキドキする。

いやいや！　俺は何を九歳の女の子に動揺してるんだよ！

……いや、今の俺は八歳だからいいのか？

ハウゼン殿がランドさんに話しかける。

「ふむ……ランド、先にお前の仕事を済ませるか」

「そうだな。アレス様、アイラ様、隣に空き部屋がある。そこを使ってくれ。そこには誰もいないし、何を話しても良い」

「そういうことねっ！　アレス！」

「うひゃぁ!?」

俺が何か言う前にアイラが強引に、俺を隣の部屋に連れていった！


と思ったら、すぐに離れて……上目遣いでもじもじしている。

「アレス、その……久しぶり」

「ええ、そうですね」

「むぅ……」

アイラは明らかに不機嫌な顔になる。

えっと、ここは誰にも聞かれない場所……ここなら、立場は気にしないで良いってことだよね。

「アイラ、久しぶり」

「アレスッ！」

再び、強く抱きしめられる！

「わわっ⁉　お、落ち着いて！」

「わぁ……！　アレスの匂いだわ！」

「匂いって何⁉　確かに、旅してたから臭《くさ》いかもだけど！」

「そんなことないわ！　良い匂いよ！」

「と、とにかく、落ち着いて」

じゃないと、色々と落ち着かない。

ひとまず、アイラを引き剥がす。

「仕方ないわね」

「まずは、相変わらずで安心したよ」

「アレスこそ、相変わらず冷静ね。私は、その……こんなに嬉しいのに」

さてどうする？

まずは、事実確認をしてから……俺の気持ちを伝えるか。

「ちょっと⁉　聞いてるの⁉」

「えっ？　何か言った？」

「むぅ……！　ほんと、相変わらずねっ！」

なぜ、俺は怒られているのだろう？

ほんと、女の子ってわからない。

「えっと、確認なんだけど……アイラは皇女様なんだね？」

「うっ、それは……騙しててごめんなさい」

そう言い、下を向いてしまう。

きっと、俺に伝えるのが怖かったのだと思う……なので俺は、アイラの手を強く握る。

「アレス？」

「ううん、平気だよ。僕は怒ってないから。別に君自身が好きで黙っていたわけじゃないだろうし」

「ほんと？」

「そりゃ、驚きはしたけど。でも、僕はアイラを変わらず——大事な友達だと思っているから。たとえ僕が男爵子息で、君が皇女様であってもね」

「アレス……うぁぁーん！　よがったよぉ～！　アレスに嫌われなくて……」

「はいはい、大丈夫だよ」

俺は優しくアイラを抱きしめて、泣きやむまで好きにさせるのだった。

そのまま待っていると……ドアのノックが聞こえる。

「アレス様、アイラ様、よろしいですかい？」

「ちょ、ちょっと待ちなさい！」

ランドさんの声に、アイラが俺から離れて目元を拭《ぬぐ》う。

しかし、その目は真っ赤だった。

これだと、人前に出たらバレちゃうよね。

「ランドさん、少し待ってくれませんか？」

「いえ、ごゆっくりどうぞ。ただ、俺は私用があるので、用事を済ませてきやす。その間は、好きにお話をしててください」

「はい、わかりました」

「それでは、また後ほど」

扉の前から人の気配が消え、再びアイラと視線が合う。

「……な、何見てんのよ？」

「ううん、相変わらず綺麗な黒髪だなって思って」

量のある長い黒髪だけど、しっかりと整えられている。

昔は、もうちょっとボサボサというか、はねていた気がする。

やっぱり、三年は大きいや。

「……あ、ありがとう。そんなこと言うのは、アレスくらいだわ」

「前も同じ会話したね」

「ふふ、そういえばそうね」

良かった、笑ってくれた。

嬉し涙だとしても、やっぱり笑ってる方が良いもんね。

「あと、そのペンダント……まだ持っててくれてるんだね？」

「当たり前じゃない。大事な……友達がくれたものだもん」

「ありがとう、大事にしてくれて。えっと、とりあえず……ソファーに座ろうか？　ちょっと、今後についてとか、お互いのアレコレを聞かないとね。ここを出たら、俺は普通の態度で接することはできないから」

「……わかってるわ。でも、ここを出るまでは他人行儀な態度は禁止よ。敬語使ったら、ぶん殴るわ」

「ははっ！　アイラらしいや！」

「むぅ……」

「ごめんごめん。わかった、それを含めて話をしようか」

ひとまず、ソファーに並んで座る。

「アイラは領地に来たから、割と僕のことは知ってると思う。だから、まずはアイラのことを教えて。もちろん、言える範囲でいいから」

「ええ、良いわよ。まずは、私の名前はアイラ・オルレアン。オルレアン皇国の、第一皇女って立場だわ。今は学校に通っていて、二回生になるわね」

オルレアン皇国のお姫様……改めて聞いても、いまいちピンとこない。

というか、アイラはお姫様って感じではないし。

むしろ、姫を助けに行く皇子様って感じだ……怒られるから言わないけどね。

「ふんふん、僕が通う学校だよね？」

「そうよ。だから、私は一学年お姉さんってわけ。ふふん、敬《うやま》うと良いわ」

「へへー！　アイラ様！」

俺はわざとらしく、こうべを垂れる。

「ちょっと!?　さっきの話聞いてたの!?　……ぶん殴るわよ？」

「ひどくない!?　今のはアイラが悪いでしょ！」

「仕方ないでしょ！　お姉さんぶりたいもん！　でも——敬語は嫌！」

「なんというわがままっ！　およよ、皇女様に翻弄《ほんろう》される可哀想なアレス」

「「………」」

少し沈黙したあと、アイラと視線が合う。

「「……あははっ！」」

「……もう！　相変わらず面白いんだから！」

「そうかな？　アイラの方が面白いと思うけど。でも、変わってないようで何よりかな」

「それはこっちのセリフよ」

「じゃあ、お互い様ってことで。えっと……話がずれちゃったけど、そのあたりについて確認しておこうかな。あとのことは、これからでも良いし」

「それは、私とアレスの立場の話ってことよね？」

「うん、そういうこと。誤解が生まれないように、今のうちに擦り合わせておきたいかな」

まだ色々とわからないことはあるけど、ここはギルドマスターの部屋の別室だ。

ここなら、安心して会話できそうだけど……おそらく、滅多《めった》なことで人を入れる場所じゃないはず。

しかも子供とはいえ、男子を皇女様と二人きりに……そんな機会が、多いとは思えない。

「仕方ないわね、お父様にも言われたし。きちんと、アレスの立場を考えなさいって」

「うん、そうしてくれると助かるかな。領地には迷惑をかけたくないから」

「それは、私も嫌だわ。あそこは思い出の場所だし」

「ふふふ、領地も色々と変わったから見てほしい……おっと、また話がずれちゃう」

ダメだなぁ、話したいことが多すぎる。

もっと、色々と話がしたいなぁ……そうできるように、環境を整えれば良いってことか。

これも、あとで考えるとしようっと。

すると、アイラが申し訳なさそうに言う。

「聞きたいけど……そろそろ、私を探してる人に見つかるかも」

「そういや、一人でいたもんね……もしかして、逃げてきた？」

「だって、あんなのがいたらアレスと話せないもの」

まあ、皇女様だからなぁ。普通は、護衛の騎士とかいるよね。

やっぱり、今のうちに決めておいた方がいい。

「じゃあ、手短《てみじか》に決めようか。まず、人前では敬語は絶対……いい？」

「嫌だけど仕方ないわね」

「僕も嫌だけど、きちんと臣下の礼をとるから。ただし、二人きりとかの時は普通に接するよ。ただ、そのタイミングがあるかわからないけど」

「ええ、わかったわ。敬語を使わなくて良い場面や、二人きりになることについては考えがあるから平気よ」

「あっ、そうなんだ？」

「ただ、まだ確約がないからあとにするわ。その……ほんとは、ここに来ちゃダメだったの。でも、どうしてもアレスに会いたくて……」

そう言うと、両手の拳《こぶし》を握って俯《うつむ》く。

多分、無茶をして来たんだろう。

「アイラ……」

「そ、それじゃあ、私は先に帰るから！」

突然立ち上がり、部屋の外に出ていこうとする。

「ちょっ!?」

「また、連絡するから！」

「わかった。じゃあ、最後に……どれだけ立場が違っても、俺にとってはアイラはアイラだから」

「……一番嬉しい言葉だわ」

そう言い、今度こそ部屋を出ていった。

よし……ランドさんの言う通り、俺は功績を挙げよう。

アイラと、少しでも近づけるように。

6　もう一つの再会

アイラが出ていったあと、しばらく待つことにする。

護衛の人がいるとしたら、できるだけ会わない方がいいだろうし。

その間に、これからのことについて考えてみる。

「まずは、アイラときちんと話せたことは大きいね。これで、誤解を招くことはないし」

何やら、アイラには秘策があるみたいだけど……心配だなぁ。

ひとまず、普段は皇女様扱い、二人きりの時はアイラってことだ。

「だけど、いずれは解消したいね。そのためには、成り上がる必要がある」

まずは、入学時のクラス分け試験に備えて鍛錬をする。

良い成績を残せば、確かSクラスになれるとか。

さらには、冒険者登録も早めることができると。

「ダンジョン攻略をして、それを功績とすれば……時間はかかるけど、慌てちゃいけない。それは、父上たちにも言われたし」

あとは商人として、地位を確立すること。

そのためには、氷魔法をさらに極めることが重要になる。

そうすれば、かき氷なんかも作れるはず。

「つまり……僕が強くなることが、解決への近道ってことか」

そうすれば結果的に、どちらの目標にも近づく。

「よし！　そうとなれば時間は無駄にできない！」

俺は待っている間、ひたすら瞑想《めいそう》をして……魔法の練度を高める修業を行うことにした。

そのまま修業していると、俺の耳に大きな足音が聞こえてくる。

そして、ドアがものすごい音を立てて開かれる！

「おおっ！　アレス！」

「……シ、シグルド兄さん？」

「でっかくなったな！」

「痛いよ!?」

近づいてきた兄さんが、俺の背中を激しく叩く！

「おっと、すまんすまん。つい、嬉しくてよ」

「そりゃ、僕も嬉しいけど……まったく、急すぎて感動が薄れちゃったし」

「あん？」

「もっと、こう……アレスよ！　よく来たな！　とか。兄さん！　会いたかった！　みたいな……ごめん、兄さんには無理だったね」

「よくわからんが、馬鹿にされてることはわかった。ったく、相変わらず生意気な弟だ。だが、少しは成長したみたいだな」

「そっちこそ、相変わらずだよね。というか、そっちは大きくなりすぎじゃない？　一瞬、誰かわからなかったし」

　以前の兄さんの身長は１６０前後だったけど、今は明らかに１８０くらいありそう。

　まあ、成長期だったし、三年も会ってないから無理もないけど。

「まあ、そうだろうな。さて……とりあえず、ここから出るぞ」

「うん、わかった」

　三年ぶりの、突然の再会だったけど……このくらいの方が俺たちらしいかな。

　ひとまず別室を出てギルドマスターの部屋に戻ってくると、ハウゼン殿が机に座って待っていた。

「どうやら、終わったようだな。さて、感動の再会はできたか？」

「感動……できなかったですね。兄さんが、こんなですし」

「こんなとか言うなし。お前の尊敬すべき兄だぞ？」

「はいはい、そうですね」

「ぐっ……あの可愛いアレスはいないのか。『兄さん、兄さん』とあとを追ってきた……」

「ちょっと!?」

合ってるけど人前だし！

というか、小さい頃の話だし！

「ははっ！　噂通りに仲が良いようだな！」

「俺の自慢の弟ですからね」

「こっちも、普通にしてれば自慢の兄です」

「一言多くね？」

「まあ、兄さんは置いといて……これは、どういう状況なのですか？　アイラも含めてですが、ここに兄さんがいる意味とか」

「ランドに代わって説明する義務があるか。とりあえず、ソファーに座ってくれ」

ハウゼン殿に言われた通りに、兄さんと並んでソファーに座る。

「さて、手短に済ませよう。アイラ様とお主を会わせるようにしたのは、皇帝陛下ではなくゼノス個人の頼みだった。私とゼノスも、同時期に冒険者をやっていてな。だから、あいつのことは知っている。ちなみに、お主に嘘をついた詫びだと言っていた」

「なるほど、そういう繋がりですか。皇帝陛下としては男爵子息に会わせるのはあれだけど、ゼノスさん個人としては会わせたいと」

「そういうことだ。ゆえに、アイラ様には近衛を撒いてもらった。ここなら治外法権だから、近衛といえど、無理やりに入ってくることもない」

……そうだ、ギルドは国家とは別の組織だ。

ましてや、ギルドマスターの部屋だし、そう簡単に入れるものじゃないか。

「理解しました。兄さんは、どうしてここに？」

「可愛い弟に会いに来たぜ」

「はいはい、そういうのは良いから。それで、何があるの？　兄さんが領地に帰ってこなかった理由と関係ある？」

「……お前って奴は、本当に頭がいいな」

そう言い、兄さんが頬をぽりぽりと掻いた。

バツが悪いと、いつもそうしてたことを思い出す。

「其奴《そやつ》は、冒険者ランクD級の新進気鋭の若手と呼ばれている。ゆえに、色々なところから誘われていてな。卒業後には、専属騎士や近衛騎士にならないかと誘われてるくらいだ」

「えっ!?　すごいじゃないですか！」

「まあ、そうなんだが……しがらみが面倒でな。俺は男爵子息ゆえに、断ることが難しい」

「あぁー……誘われたら、なかなか大変ですね」

「それもあって帰れなくてな。領地は噂の次男坊に任せれば良いとか、その次男坊について聞かれたり」

「あっ……ごめんなさい」

そっか、俺が継げば良いって思う人がいるってことか。

それもあって、兄さんが帰れなかったんだ。

だから誰も、俺に言わなかったんだろう。

「馬鹿野郎」

「兄さん？」

兄さんの手が、俺の頭に置かれる。

「んなことは気にすんな。それよりアレス、領地を開拓してくれたことを感謝する。しかも、俺と姉貴のためだとか……お前は、俺の自慢の弟だ」

そのまま、乱暴に頭を撫でられる。

その時に、ふと思い出した。

小さい頃から、こうされるのがとても好きだったということを。

その後、雑談を続けていると……。

「そういや、誕生日おめでとう。もう八歳になったのか」

「はい、八歳になります」

「そうか。すまんな、全然祝ってやれなくて」

「仕方ないですよ」

「よし！　じゃあ、お前に何か好きなものを買ってやるか！　俺もまだ、二週間くらいはいられるしな。ついでに、入学祝いなんかも用意してやる。明日にでも、買い物に行くか」

「ほんと!?　ありがとう！」

プレゼントも嬉しいけど、それより嬉しいことがある。

つまり、兄さんとお出かけできるってことだし。

……まあ、照れくさいから言わないけどね。

「まあ、もっと詳しい話は学校で聞くといい……おっと、来たようだな」

「アレス様、シグルド様、待たせちまったな」

扉を開けて、どこかに行っていたらしいランドさんが部屋に入ってくる。

「いえ、ランドさん。楽しいお話をいっぱい聞けましたから」

「ランド、久しぶりだな」

俺に続いて兄さんが声をかけると、ランドさんが応える。

「それなら良かったですぜ。シグルド様、見違えましたな」

「おうよ、もう成人したからな」

「じゃあ、そのお祝いもしたいね！　僕の入学祝いと一緒に」

「おっ、良いですな。では、宿で打ち合わせをしますかね。ナイル、そういうわけで帰るとするぜ」

「ああ、そうしてくれ。俺とて暇ではないんだ」

そうだよね、ギルドマスターだもんね。

俺のためだけじゃないけど、時間を使わせちゃった。

今後のためにもしっかりしないと、そう思って俺は声をかける。

「ハウゼン殿、お部屋を貸してくれたり、貴重なお話をありがとうございました！」

「……いや、別に良い」

「ははっ！　何を照れてやがんだ！」

「て、照れてなどいない！　ただ……よくできた子だと思ってな」

「まあ、それには同意だな。それじゃあ、またな」

お辞儀をして部屋を出て、ランドさんのあとをついていく。

＊＊＊

そして、そのままギルドを出ると……日が暮れていた。

結構長い間、ギルドの中にいたみたいだ。

「んじゃ、飯でも食いに行きますかい？」

「おっ、そいつはいいな。今日はお祝いだしな」

「何を食べるんです？」

「そうだ！　アレを食べさせようぜ！」

「決まりですな。アレが食べられるようになったのも、アレス様のおかげですから」

「よくわからないけど、アレってやつが気になります」

こうしてメニューが決まったので、兄さんの案内ですぐ近くにあるお店屋さんに入る。


中は居酒屋さんみたいな感じで……混んでいて、活気に溢れている。

すると、青色の髪をした小さな女の子が近づいてくる。

「いらっしゃいませ！　あっ！　シグルド様っ！」

「よう、ルナ。すまん、三人いけるか？　俺の横にいるのは、弟のアレスだ」

「あ、あなたが!?　あ、ありがとうございます！　わたしはルナっていいます！」

突然、ルナと名乗ったその女の子にお辞儀をされる。

多分、初めて会うと思うんだけど。

「はい？　どういうこと？」

「まあまあ、良いじゃねえか。さて、まだアレはあるか？」

「は、はいっ！　もちろんです！」

「じゃあ、案内を頼むぜ」

「では、こちらへどうぞ！」

ルナについていき、奥の四人席に案内される。

「それでは、ご注文がお決まりになったらお呼びください」

「んじゃ、酒を頼む。あと、いつものだ。ランドも飲むだろ？」

「ええ、もちろん。いやはや、あの小僧と飲めるとは嬉しいもんだな」

「小僧とか言うなし」

「良いなぁ、僕はまだ飲めないもん」

大人になったら、ビールとか作ってみたいね。

こう、キンキンに冷えたやつ。

「ははっ！　あと七年は飲めないな！　こいつは、とりあえずジュースで頼む」

「はいっ！　少々お待ちくださいね！　すぐにお持ちします！」

そう言い、ルナは厨房の方に去っていく。

そしてすぐに戻ってくる……その両手に、よく知ったものを持ちながら。

「お待たせしました！」

そうして、テーブルに置かれたものは……お刺身の盛り合わせだった。

オーマイゴッド。

この世界に転生して八年、まさかこれを見られる日が来るとは。

港町に行けば食べられるのは知ってるけど……うちの領地は田舎だし、海から遠い。

とてもじゃないが、生の魚を食べることなどできない。

俺の氷魔法もまだまだ未熟だから、港町から皇都くらいまでしか保《も》たないし。

「刺身だァァァ！」

「ほほう。まさか、皇都でこれを食べられる日が来るとは……」

「ははっ！　すごいだろう！　ここは俺の行きつけでな、よく世話になっている」

「へぇ、そうなんですね。兄さんが、いつもお世話になってます」

俺がルナにそう言うと、彼女は応える。

「い、いえ！　お世話になってるのはわたしたちです！」

……おや？　ふんふん、兄さんも隅に置けないねぇ。

ルナの、兄さんを見る目が違う気がする。

といっても、年の差がありすぎかな。

「んなこたねぇよ。というか、食えるのはアレスのおかげだしな」

「ほんとです！　アレス様、ありがとうございました！」

「さっきも言ってたけど、それってどういうこと？」

いや、刺身が食べられるのは氷魔法のおかげだっていうのはわかる。

ただ、それだけじゃない気がする。

「えっと、わたしの家族は元々港町に住んでたんです。でも、わたしが学校に入学するから、引っ越しを余儀なくされて……」

「ああ、なるほど。元々は生魚を提供するお店をしてたけど、越してきてからはできなくなってたってことか」

「そ、そうなんです！　少し値段は高いですけど、お父さんは喜んでます！　あとで、きちんと挨拶がしたいって」

そういうことか、それなら礼を言われるのも納得だ。

あんまり実感はなかったけど……こうして役に立ってると思うと嬉しいね。

「そういうのはいいよ。あと、氷も今後は安くなるから安心して」

「えっ？　でも……」

「兄さんがお世話になってるみたいだしね」

「まあ、あとでいいじゃねえか。とりあえず、食べようぜ」

「それは言えてるね」

「そうしましょうや。お嬢さん、悪いが飲み物を頼むぜ」

「す、すみません！　すぐにお持ちします！」

その後、ドリンクが揃ったので……。

「「「かんぱーい！！！」」」

ゴクゴクと、りんごジュースを飲む。

すると、スッキリした喉越しで、あっさりした甘みが喉を通り抜ける。

「うん、これ美味しいね」

「ここから北にある森で採れる果実だな。そこには魔物がわんさかいるが」

「へぇ、そうなんですね。いずれ行ってみたいです。では、刺身をいただきます……うみゃい！」

目の前にある白身魚を口に含むと、コリコリと小気味よい音がする。

同時に、白身魚特有の旨みが溢れてくる。

「ははっ、そうだろそうだろ。俺も初めて食った時は感動したもんだ」

「これは旨いですな」

名前はわからないけど、鯛《たい》に近い味がする。

あとは、ホタテらしきものと、カツオみたいのがある。

「これの名前はなんですか？」

「イカダイに、イワホタテ、キバガツオだな」

……相変わらず、この辺は謎だ。

どの言葉も名称も俺の知ってるものに近く、俺は生まれた頃から言葉は理解できていた。

ステータスみたいのはないけど、スキル欄に言語理解とかついてそう。

もしかしたら、俺にわかりやすいように聞こえてるのかも。

「どれも新鮮で美味しいです」

「ええ、これは酒が進みますな」

「まったくだ。アレス、そのうち酒でも飲もうな？」

「はいっ！　楽しみです！」

まあ、細かいことは良いや。

そうして昔話で盛り上がったりして、楽しい時間は過ぎていくのだった。

刺身の他に煮込み料理なども食べて、お腹がいっぱいになる。

「ふぅ……食べました」

「ああ、満足だな。客も減ってきたし、俺らも帰るとするか」

「ええ、ではお会計をしま……ん？」

その時、店内が騒がしくなる。

どうやら、原因は店の入り口付近のようだ。

「おいおい！　刺身がねえってのはどういうことだ!?」

「す、すみません！　今日は、もう品切れでして……」

「俺たちが食べたいって言ってんだよ！　こっちは腹を空かしてんだよ！」

「……何あれ？」

店主らしき人に、何やら高そうな服を着た人が絡んでいる。

多分、年齢は兄さんと同じくらいかな？

「ちっ、まずいな。あいつら伯爵の子息と、その連れだ」

「へぇ、あれが……ふーん」

なるほど、良くない貴族の見本みたいな奴らだね。

さて、どうしようかなぁ……せっかくの楽しい気分が台無しだね。

かといって、直接手を出すわけにはいかないし。

「あ、あの！　ごめんなさい！　もう、品切れで……」

「あのバカ、出ていくんじゃねぇ……！」

困っている店主のもとに駆けつけようとルナが前に出た時、兄さんが動こうとする。

その瞬間に、俺の覚悟は決まった。

同時に、自然と動ける兄さんを誇りに思う。

「兄さん、任せて」

「アレス？　いや、お前を巻き込むわけには……」

「平気だよ――氷陣《アイスエリア》」

魔法をイメージして、誰にも聞こえないように呟く。

「いいから他の客に出すやつを――アタァ!?」

突然地面に転がる伯爵の子息。

ルナが困惑しつつ声をかける。

「へ、平気ですか!?　というか、どうして何もないところで転んでるのですか？」

「う、うるせえ！　いてて……な、何見てんだよ！　くそ！　帰るぞ！」

「ま、待ってくださいよー！」

そして、偉そうな二人は去っていった。

俺がやったことは単純だ。

男の足元に、見えないほどの薄い氷を張っただけだ。

あとは、興奮した相手が勝手に転んだってわけ。

「アレス？　何をした？」

「僕は何もしてませんよ。興奮して、勝手に転んだんじゃない？」

「へっ、そういうことにしとくか……ありがとな」

そう言い、俺の頭をがしかしと撫でる。

兄さんに褒められたし、兄さんの行きつけみたいだし……。

それだけで、助けた甲斐《かい》があるってものだ。


その後、タイミングを見計らって会計をする。

すると、店主の方が、どうしても挨拶をしたいとやってきた。

「初めまして、アレス様。私の名前は、ノーランと申します。あなた様には感謝しております」

「いえいえ、そういうのは良いですから。別に大したことはしてませんし」

俺が謙遜《けんそん》して言うと、ルナが口を挟む。

「そんなことないです！　さっきだって、魔法を使って……」

「……へぇ？　わかったんだ？」

まさか、さっきの魔法が感知されるとはね。

いくら俺がまだ未熟とはいえ、気づかれたのは驚いた。

エリゼにも、誰にもバレないと太鼓判《たいこばん》を押してもらったのに。

「おっと、言い忘れてたな。ここに連れてきた、もう一つの理由を」

「兄さん？」

「ルナはな、風魔法の適性があるんだよ。それも、かなりの才能が。平民だが、お前と同じ学校に入れるくらいにな」

「あれ？　平民の方って入れましたっけ？　もちろん、僕は賛成ですけど」

確か、俺が通う学校は貴族専用だった気がする。

だから、結構うんざりしてた部分もあるし。

「ああ、今年からな。皇帝陛下のはからいで、平民にも広く門戸《もんこ》を開きたいそうだ。これから先のために」

「なるほど、それは良いことですね。じゃあ、同級生ってことか。よろしくね、ルナ」

「は、はいっ！　よろしくお願いします！」

俺が差し出した手をルナが握り、しっかりと握手を交わす。

ふふふ、また友達ができたかも……そろそろ、男の友達が欲しいけど。学校に入ったら、探さないと。

ノーランさんが口を開く。

「……さすがはシグルド様の弟さんです。平民が学校に入るというのに、嫌な顔一つしない」

「ああ、俺の自慢の弟だからな。というより、こいつは元からこんなだし」

「こんなとか言うなし。というか、もっと褒めても良いですよ？」

「へっ、嫌だね」

「平気ですよ、アレス様。普段から自慢してますから。ここに食べに来た時は、必ずあなたの話題が出ますから」

「へぇ？　兄さん？」

「んなこと言っとらん！　ほら、さっさと帰るぞ！」

そう言い、兄さんが店から出ていく。

ふふふ、相変わらず照れ屋です。

「ははっ！　照れてますな」

「まあ、この辺で許してあげようね」

ランドさんに続いて俺が言うと、ルナが笑みを見せる。

「えへへ、楽しい人たちです」

「ああ、そうだな。アレス様、もしよろしければ娘をよろしくお願いします」

「ええ、できる限りでよければ。僕も男爵子息なので、できることは限られてますけど」

「それで十分でございます。それと、先ほどのお礼はきちんといたします。何か私たちにできることがあれば、おっしゃってください。私は、商人ギルドに少しは顔が利くので」

「……わかりました、その時はお願いします」

商人ギルド……冒険者ギルドと違い、国と直結してるギルドだったっけ。

そこで認められないと、商売ができないこともあるとか。

ふんふん、行っておいて損はないね。

その後、兄さんが一時的に泊まっている宿屋に案内される。

三人部屋になっていて、三つのベッドと机が一つある。

あとは、シャワーだけがあるみたいだ。

「ふぅ、疲れたぁぁ～」

「お疲れ様でした。長旅によく耐えましたな」

「おう、俺の時は十二歳だったしな。それで、これからの予定だが……今から話しても平気か？」

「うん、平気」

俺は頬を叩き、聞く態勢に入る。

「まずは、明日から街を案内しよう。皇都は広いので迷子になる。何より、入るのに許可がいる場所も多数ある。俺がいるうちに、最低限のルールやマナーを教えよう」

続いてランドさんが言う。

「では、俺はそのうちに仕事を終わらせてきますかね。そのあとは、シグルド様を送ってから、領地に帰りますぜ」

「そっかぁ……みんな帰ったら、僕は一人になっちゃうね。あれ？　僕はどうしたら良いの？　学校には通わないといけないけど……」

俺が心配していると、兄さん、ランドさんが笑みを浮かべる。

「まあ、それに関しては心配すんな」

「ええ、こっちの方で手配してますから」

「そ、そう？」

「うし！　シャワー浴びて寝ようぜ！　三年ぶりに一緒に入るか！」

「ちょっと⁉」

強引に話を終わらされて、兄さんにシャワー室に連れていかれる。

……手配ってどういうことだろう？

＊　＊　＊

……えへへ、かっこよくなってたなぁ。

アレスにもらったペンダントを眺めながら、私――アイラはベッドの上で寝転がる。

「約三年ぶりに会ったけど、すごく成長してたわ。なのに、中身は優しいままで……私のこと、許してくれた」

これからも、友達でいてくれるって。

ずっと不安だったから、それが何よりも嬉しい。

「泣いちゃった私を、優しく抱きしめてくれたし……」

これはもう、既成事実ってやつよね？

「そ、そりゃあ、私の方は友達以上でも良いけど……何言ってるのよ⁉」

「まったく、外まで丸聞こえだな」

「お、お父様!?　ノ、ノックくらいしてよ！」

いつの間にか、お父様が部屋に入ってきていた。

「ノックならしたさ。お前ときたら……そんなに嬉しかったのか？」

「べ、別に！」

「そうか、ならあの話はなかったことに……」

「ま、待って！　その、あの……嬉しかった。アレスってば、全然変わってないんだもん。相変わらず、優しいままだったわ」

「そうか、あの頃のままか……なら安心だな。じゃあ、俺の方で手配をしておこう」

「ほんと!?　良いの!?」

「本当ならダメだが……まあ、平気だろう。きっと、アレス君ならすぐに認められるさ」

「うんっ！　アレスならやってくれるわ！」

私が頼んだこととはいえ、それが叶うとは思ってなかった。

仮にも皇女だし、若いとはいえ相手は男の子だし。

でも、これで……一緒にいられるかもしれない。

えへへ、そうなったら嬉しいなぁ。

7　ドワーフさんをゲット

次の日の朝、ご飯を食べ終えて、少し休憩したら宿を出る準備をする。

「んじゃ、早速行くか。時間は限られてるしな」

「うん、わかった」

「それじゃ、俺も用事を済ませてきますぜ。シグルド様、アレス様のこと頼みましたぞ？」

「おう、任せておけ」

俺たちを残し、ランドさんが先に部屋から出ていく。


その後すぐに俺たちも出ていった。

「そういえば、ランドさんの用事って？」

「ん？　……まあ、色々とあんだろ。元々、ここの住人だしな。ああ見えて、この辺りじゃ有名だったらしいし」

「ふーん、そうなんだ」

俺にとっては、昔から知ってる気のいいおじさんって感じだからなぁ。

「まあ、気持ちはわかる。俺も、ここに来るまではただのおっちゃんだと思ってたし」

「僕はそんなこと言ってないよ？　あとで言っちゃおうっと」

「待て待て！　普段は俺に敬語だが、普通に怒ると怖いんだよ」

「うん、知ってる」

俺も悪いことしたら叱られてきたし。

「というわけで、黙ってろよ？」

「まずは、どこに行くの？」

「そりゃ、決まってる——ダンジョンだ」

ダンジョン、それは魔物を倒す際に出る瘴気から生まれると言われている。

見た目はただの洞窟だが、中は異次元の迷路と化している。

その中では、財宝や強力な武器や防具、何より鉱石が手に入るのが大きい。

ただし、奥に行くにつれて強力な魔物が出るので命がけだと。

そんな説明を受けて、俺は尋ねる。

「瘴気から生まれるってことは、魔物がいないところならダンジョンはできないってこと？」

「うーん、そうとも限らん。まだ法則性はわかってないからな。ただし、街中にいきなり現れることはないから安心しろ」

「ふーん……とにかく、鉱石が手に入るのは大きいね」

「ああ、うちには鉱山がないから特にな。ただ、狙って出るものでもないから難しいが。南にある砂漠地帯だと鉱山もダンジョンも多いらしいがな」

「ふんふん、それもあって砂漠の国から仕入れるんだね」

「そういうことだ。ダンジョンにはランクがあって、白、緑、青、黄、赤、黒の順になってる」

「へぇ、そうなんだ」

「まあ、そのあたりもあとで学校で習うから良いか。とりあえず……着いたな」

俺の視界に、灰色の洞窟が入る。

その周りは柵で囲まれており、兵士らしき人が見張りをしている。

というか街中にあるので、かなり違和感がある。

「あれ？　灰色だね？」

「いや、あれは元々黒かったらしい。奥にいるボスを倒すと、全て灰色になるってわけだ」

「そういう仕組みですか。そのあとは、どうなるんですか？」

「灰色になったら、残りカスみたいなものだ。大したものは採れないし、魔物も弱い」

「ふんふん、なるほど」

「だからこそ初心者向けのダンジョンとして、冒険者や兵士たちの練習場になってるな」

「ああ、それは便利ですね」

「お前も、学校に通ったら行くだろうよ。よし、ほかに行くとするか」

＊　＊　＊

その後、兄さんに連れられて、街の中を案内される。

すると、とある店の中に念願の種族を見つける。

ずんぐりむっくりした身体に、立派なヒゲと短い手足。

まさしく、想像通りの姿だった。

「兄さん！　兄さん！　ドワーフさんだよ！」

「おっ、見るのは初めてか。んじゃ、寄っていくか。ここは、俺も知ってる店だしな」

「うんっ！」

兄さんについていき、店の中に入る。

「こんにちは、ブライ殿」

「ん？　ああ、シグルドか。どうした？　領地に帰るのではなかったのか？」

「あと、十日くらいで帰りますよ。それより、弟を紹介しておこうかと」

兄さんの前に出て、しっかりとお辞儀をする。

「アレス・ミストルと言います！　兄がお世話になっております！」

「……ほう？　こいつが噂の氷魔法使いか。お主に似てなく、礼儀正しいのう」

「ほっといてくださいよ。良かったら、何かあれば力になってくれると助かります」

「良いだろう。お主のことは気に入ってるし、その小僧には恩がある」

「恩ですか？」

「お主のおかげで、我々鍛冶《かじ》職人も助かっておる。火を扱う仕事ゆえにな。隣の部屋に氷の魔石を用意して、そっちで休憩したりしている」

……そっか、こんな暑い国で鍛冶をやるんだよね。

だから、ドワーフ族以外には耐えられない仕事なのかも。

……うん？　この人たちに、あれを売れば良いかも。

「今度、良いものを持ってくるので待っててくださいね」

「ほう？　それは楽しみじゃ」

そんな話をしていると兄さんが言う。

「この人の腕はトップクラスだし、ドワーフ族の顔役みたいな人だ……そういやお前、装備はまだだな？」

「うん、剣だけは持ってるけど」

子供なので、父上からいただいたショートソードを使っている。

防具ではないけど、耐久性に優れた貴族服を着ているから一応問題はなかった。

「プレゼントは剣と、防具にするか」

「わぁ……！　嬉しいです！」

「んじゃ、決まりだな。ブライ殿、すみませんが頼めますか？」

「良いだろう。本当なら、子供の依頼などは受けないが……どうやら、恩を売っておいた方が良さそうだ。今日は忙しいから無理だが、明日なら依頼を受けよう」

「ありがとうございます！　よろしくお願いします！」

「うむ、任せるが良い」

ふふふ……うちの領地にドワーフさんを呼ぶために、色々と作戦を練っていかないと。


そのあとも案内されたけど……意外にも、この皇都はそこまで広くないらしい。

と言っても、一日では歩き回れないくらいには広いけど。

ただ、もっと大都市を想像していた。

「意外と狭い？　往来の人も、びっくりするほど多いってわけじゃなさそう。道幅が広いとはいえ、普通に歩けるし」

「わざとそうしてるみたいだな。諸々の管理も大変だし……反乱でも起こされたら大変だろう」

「あぁーそういうことなんだね」

「その代わり、北と南に二つの大きな都市を作ってるな。んじゃ、そろそろ飯にするか」

「うん、そうだね。歩き回ってお腹が空いていたかも」


道中の屋台でお昼ご飯を買って、ベンチに座る。

「んじゃ、適当に説明すんぞ。まずは、皇城を中心として、四つの区画に分けられる。お前が入ってきた方が南側として、さっき行った場所が南東にある商人エリアだ。武器や防具、道具類はここに行けば良い。南西にあるのが冒険者エリアだ。冒険者ギルドやダンジョン、俺たちが泊まってる宿や飯屋がある。北西にあるのが一般住居で、主に平民たちが暮らしている。ここまでは良いか？」

「うん、なんとなく……いっぺんには覚えられないけど」

「まあ、いずれ学校でも教わるしな。大事なのは、北東にある区域だ。そこは、貴族街となっている。下手に近づかない方がいいだろう……お前は狙われてるしな」

「へっ？　どうして？」

「そりゃ、当たり前だろ。この大陸で唯一氷魔法を使えるんだ。しかも、次男ときたもんだ。色々な意味で狙われるぜ」

　悲しいことに、意味がわかっちゃった。

　俺を利用するために、色々してくるだろうってことだよね……ガクブル。

「うげぇ……」

「まあ、そのあたりも考えてるから安心しろ」

「むぅ……何やら、秘密が多いですね」

「ははっ！　気にすんな！　ほら、さっさと飯を食っていこうぜ」

……どうやら、俺の知らないところで色々と動いてるみたいです。

＊＊＊

一夜明けて……翌日の午後に、再びドワーフ族のブライさんを訪ねる。

俺は、あるものを用意してきた。

「こんにちはー！」

「ブライ殿、どうもっす」

「うむ、来たか。まずは服を脱ぐが良い。お主の装備と身体を調べなくてはならん」

「はい、わかりました」

上着を脱いで、ブライさんに預ける。

「むっ……これは……」

「どうかしましたか？」

俺が預けたのは、割と普通の青い貴族服なんだけど……。

出かける際に、父上が着ていきなさいと言ってくれたものだ。

「これをどこで手に入れた？　見た目と違って、防具としてもかなりの素材が使われている」

「えっ？　そうなんですか？」

俺が首を傾げていると、兄さんが声を上げる。

「あっ！　そうだった！　それは親父が高い金を出して作ってもらったやつだった」

「そうなの？　僕、聞いてないよ？」

「す、すまん。多分、お前が気を遣わないようにしたんだよ」

……そうだったんだ。

なんだ、父上も言ってくれたら良かったのに。

「この分だと、お主には防具は必要なさそうだ。これは、そこらの攻撃なら軽減するだろう。何より、子供のお主にとって軽い素材なのが良い」

ブライさんがそう言うと、兄さんが提案してくる。

「んじゃ、剣を良いの買うか。それとも別に、欲しいものはあるか？」

「欲しいもの……それなら、小手《こて》が欲しいですね」

「むっ？　小手とな？」

「えっと、こういう形状のもので……」

俺が知る限りの、腕の甲につける小手を伝える。

侍さんとか忍者の人がつけていたようなものを。

これがあれば、近接戦闘においても役に立つはず。

「ほう？　面白い形だな……鎧《よろい》の腕部分だけの装備か」

「そういうのってないんですか？」

「ああ、基本的にはな。ただワシらが作業する時に、火傷《やけど》しないよう似たものをつけることはあるが」

「多分、その感じで良いと思います。それを使って、防御しようと思ってます」

すると、兄さんの手が肩に置かれる。

「なるほど、お前は剣を使うとはいえ魔法使いだしな。できるだけ、守りは固めた方がいい。俺からも頼みます、前もって払ってある金が足りなければ、俺がいくらでも支払うので」

「兄さん……そもそもプレゼントしてくれるって話だったけど、平気だよ、俺にはこれがあるから。

そのお金は、領地や自分のために使ってね」

俺は鞄《かばん》から、用意していたものを取り出す。

そう、領地で作っておいたクールの魔石だ。

それをイノブタの皮で包んで、タオルのような状態にしてある。

「これはなんじゃ？」

「とりあえず、首に巻いてください」

ブライさんが恐る恐る手に取り……首に巻く。

「ふむ……こ、これは！　ひんやりとしている！」

「どうですか？　これ、欲しくありませんか？」

「欲しい！　これがあれば鍛冶をする際にも助かる！　何より作業の邪魔にならん！」

ふふふ、狙い通りだ。

これなら、絶対に食いつくと思った。

「では、取引をしましょう」

「ほう？　いくらだ？」

「お代は結構です。その代わりに、その小手を願いします。あとは、僕らの領地にドワーフさんが来てくれないかと。ちなみに僕の領地にだけ、この商品はあります」

「……そういう狙いか。これが手に入るなら行きたい奴もいるだろう。そもそも、あそこは発展が期待できる。行きたい奴は元々いたが、その後押しになるだろう」

そう、最初の一人っていうのは勇気がいる。

そのためには、それでも行きたいと思わせるものがないと。

「他にもドワーフさんが喜びそうなものがありますので」

「……わかった、ワシの方から言っておこう。確実に、数名は行きたいと言うぞ」

「商談成立ですね」

「クク、気に入ったわい。昨日も言ったが、何かあれば言ってくるがいい」

「ええ、その時はお願いします」

すると、兄さんから頭をガシガシされる。

「ちょっと？　髪がぐしゃぐしゃなんだけど？」

「お前って奴は……ここに来てまで、領地や俺の心配かよ」

「そんなの当たり前だよ。どこにいたって、僕はミストル家の次男だもん。兄さんが継いだ時に、少しでも楽になれるようにしたいし」

「……へっ、そうだな。なら、俺はお前の兄貴だ。せめて、装備代くらいは払わせてくれよ？」

「ふふん、仕方ないなぁ……プレゼントされてあげます！」

「へいへい、生意気な弟だこと」

ふふふ、ひとまずドワーフさんをゲットできそうだね。

もう少し仲良くなったら、冷蔵庫やかき氷機とか依頼してみよっと。

＊＊＊

本当に、こいつは……よくできた弟だな。

隣で歩くアレスを見てると、心が温かくなる。

相変わらず、領地や家族思いの優しい子だ。

数年ぶりに会ったが、本質は変わらない。

領地での活躍はもちろんのこと、俺にまで気を遣ってやがる。

その姿は、皇都で貴族たちの跡目争いを見てきた俺には眩《まぶ》しく見える。

長男を失脚させようとしている同級生や、その逆のこともある。

しかし、アレスはそんな気は微塵《みじん》もないようだ。

その気になれば領地を発展させて、領主にもなれるが……アレスは器が大きいから、あそこでは持て余してしまうな。

「アレス、お前は変わってくれるなよ？」

「うん？　どういう意味？」

「いや、そのままでいてくれって意味だ」

「よくわからないけど……まあ、良いや。とりあえず、僕は僕だし」

「ああ、それでいい」

たとえ皇子であろうと、俺と血が繋がってなかろうと……こいつは、俺の大事な弟だ。

出来の悪い兄貴だから、助けになれるかわからないが……もしその時が来たなら、俺が全力で守り抜く。

それが、兄貴の役目ってもんだ。

8　ゼノスさんと再会

それから、兄さんと散歩や鍛錬をしたりして日々が過ぎていく。

そして一週間後、再びブライさんのもとを訪ねる。

装備が完成したという知らせが、宿に届いたからだ。

「ほれ、できたぞ。まずは、試着してみるといい」

「わぁ……！　ありがとうございます！」

受け取った俺の手には、綺麗な鉄の小手がある。

光沢があり、素人の自分から見ても良いものというのがわかる。

「ふっ、お安いご用だ。お主のおかげで、作業が楽になったからな」

「それなら良かったです……うん、ぴったりですね」

俺の手の甲に、ジャストフィットしている。

しかも、重さも大して感じない。

「ふむ、見せてみろ……よし、問題はないな」

「はい、平気そうです」

「うむ。それと、領地に行くドワーフの件じゃが……行きたいという者が数名手を挙げた。若いが、腕は悪くないから安心するといい」

「ほんとですか⁉　兄さん、やったねっ！」

「おうよ。まあ、お前の手柄《てがら》だけどな」

「そんなのはどっちでも良いんだよ」

「気持ちのいい兄弟だ。さあ、剣も受け取れ」

ずっと視線に入っていた剣を受け取り……鞘《さや》から抜く。

すると、銀色に光る剣が現れる。

直刀のロングソードタイプの剣だ。

「わぁ……綺麗ですね」

「まあ、悪くはない出来だろう。それなら、お主が学校を卒業するくらいまでは使えるはずだ」

「確かに、今の僕には少し大きいですね」

「いや、それくらいがちょうどいい。重たい方が慣れるし、すぐに身体が追いつくだろう」

「ブライ殿の言う通りだな。俺もそうだった」

「そっか……じゃあ、これを扱えるように頑張ります」

剣を仕舞い、背中に背負う。

そして、備え付けの金具を前で留める。

「おお、似合ってるじゃないか」

「うむ、悪くない」

「へへ、ありがとうございます」

その後、兄さんとブライさんが軽く話し……俺たちは店をあとにする。

「さて、これからどうするかね。多分、そろそろ手続きが済むはずだが……おっと、来たようだな」

兄さんがそう口にすると。

「へっ？　あっ！　アイラ……様！」

「アレス～！　ここにいたのね！」

道の向こうから馬車が来て、そこから降りたアイラが走ってくる。

もちろん、その後ろには護衛の騎士がいる。

「待ってください！　ここは往来ですから！」

「あっ、そうだったわね……コホン！　でも、平気よ」

「はい？」

「良いから！　早く行くわよ！」

なんというか、相変わらずのアイラさんですね！

こっちは、何がなんだかわからないんですけど？

「相変わらず、お転婆《てんば》ですな」

「シグルド？　いたのね？」

「がくっ！　そりゃ、いるでしょうよ……はぁ、俺が護衛の騎士さんと話してきますね」

そう言い、追ってきた騎士さんと話をし出す。

「アレス！　聞いて聞いて！」

「どうしたのですか？」

「むぅ……ここだと敬語なのよね。仕方ないから我慢するわ。とりあえず、シグルドの話が終わるのを待つわよ」

「いや、だから……はぁ、わかりましたよ」

……こんな感じに振り回されるのも懐かしいなぁ。

数分後、話を終えたっぽい兄さんが戻ってくる。

「おし、話はついた。二人とも、馬車に乗るぞ」

「早く早く！」

「はいはい、わかりましたよ」

ひとまず、馬車に乗り込み……ひと気がない場所まで馬車が進む。

この辺りは建物も少なく、寂れた感じの場所だ。

「ここなら敬語はいらないわ」

「わかった。じゃあ、いい加減説明してほしいんだけど？　兄さんもだけどさ」

俺がそう尋ねると、兄さんが言う。

「まあ、ここなら平気だな。簡単に言えば、お前の皇都での滞在先はアイラ様と一緒になる」

「……はい？」

「ふふーん、どうよ？　驚いた？」

アイラが隣から、俺の顔を覗き込む。

その顔は、してやったりといった表情だった。

「い、いや、驚いたというか……それってアリなの？　皇女様が、男子と一緒に暮らすとか」

「普通はありえんな。だが、お前なら平気だ」

「どういうこと？」

「それは……もう着くから、そこで話を聞くと良い」

＊＊＊

少しすると馬車は止まり、大きな屋敷が目に入る。

その屋敷の前には、見覚えのある顔があった。

「ゼノスさん！　……あっ」

「平気だ、アレス君。ここにいる俺は、ただのゼノスだ。ようこそ、俺の隠れ家へ」

その後、ゼノスさんに案内されて屋敷の中に入る。

中は広いけど質素な感じで、皇帝陛下が住む家とは思えない。

階段を上って、とある部屋に通される。

ソファーに座るよう言われ、ようやく話を聞くことができる。

「さて……アレス君、まずは久しぶりだな。すっかり大きくなって見違えたぞ」

「お久しぶりです、ゼノスさん……アイラ？　近いんだけど？」

俺の隣に、ぴったりとアイラがくっついている。

「いいじゃない、ここは私の家だし」

「いや、お父さんが目の前にいるんだけど？」

「ふふん、それに関しては心配いらないわ」

「はい？」

「コホン！　アイラ、話が進まない。言ったことを忘れたか？　きちんとしないと、この話はなかったことにする」

「ご、ごめんなさい！」

勢い良く、アイラが俺から離れる。

……ほっ、少しドキドキするから良かった。

精神年齢がすっかり下がったアレス君です。

「えっと、それで……？」

「うむ。すでに聞かされていると思うが、君が学校に通う間……ここに住んでもらう」

「はい、それは聞きました。ただ、その理由がわかりません」

「むぅ……何よ、嫌なの？」

「ううん、そんなことないよ。ただ、皇女様だし良いのかなって。その、政治的にね……逆なのかな？　そのために僕が必要？」

少なくとも、ただの顔見知りってだけで一緒に暮らすのはおかしいし。

「ふむ、相変わらず理知的であるな。だからこそ、選んだわけだが」

「何にですか？」

「……単刀直入に言う——我が娘であるアイラの婚約者になってくれないだろうか？」

アイラと住むことすら、割と驚愕《きょうがく》しているのに。

そのうえ、婚約者……!?　ダメだ、さすがに意味がわからない！

「ど、どうしてですか？」

「い、嫌なの……？」

隣にいるアイラが、不安そうな顔をする。

というか、意味はわかってるんだろうか？

「えっと、アイラはいいの？」

「わ、私？　……よ、よくわからないわっ！　婚約者とか、そういうのは……」

「まあ、そうだよね。僕もそんなところ」

やっぱり、わかってなかったか。

まだまだ子供だもんね。

そういうのを決めるには早すぎるし……無論、特例はあると思うけど。

「ふむ、無理もあるまい。さすがに婚約者ができるには早すぎるしな。早くとも、十歳は超えないとだ。何より、父としては認めたくない」

「はは……そうですよね。それなら、なおのこと気になります。その意味がなんなのか」

「理由はいくつかあるが、まずは君がここに暮らす理由から説明する。というか、全てはそこに繋がってくる。そして、ここからは皇帝としての話だ——話しても良いか？」

「……はい、畏まりました」

俺は姿勢を正し、改めて聞く態勢に入る。

どうやら、真面目な話らしい。

「では、話させてもらおう。簡単に言えば、君の存在は危険だ。貴族間で、争いが起きる可能性がある」

「……はい」

「この皇都でアレスの名前は知らなくとも……氷魔法を知らない者などいない。きっと、これから様々な権力者から狙われるだろう」

「そうなる予感はしていました。でも、今までは平気でしたけど……」

村にそういった人が来たこともないし。

氷魔法の魔石を売る時だって、普通って感じだった。

「それは、単純に距離の問題だ。辺境は遠いからな。何より、俺が手出ししないようにしておいた」

「……そうだったのですね、ありがとうございます」

「礼には及ばない、大事な親友の息子だ……だが、ここではそうはいかない。俺の目の行き届かないところで、何かしら動きがあるだろう」

「では、婚約者とは……その牽制《けんせい》のためですか？」

「ああ、そうだ」

いや、それだけじゃなさそうだ。

というより……これは聞いておかないといけない。

「もしくは、皇族が僕を独占するためですか？　正確には、氷魔法を使える僕を」

「……ほう？　さすがだ、それに気づくか」

「お、お父様!?」

「お前は黙っていろ」

「っ～!!　は、はぃ」

ひと睨みで、アイラが縮こまる。

なるほど、これが本来のゼノスさん……いや、皇帝陛下ってわけか。

「それで、どうなのですか？」

「本来の俺の前でも縮こまらないか……喜ぶべきか迷うな」

「……よく意味がわかりませんが」

「いや、すまんな。そうだな……そういう面があることは否定しない。お主の力は、それくらいに貴重なものだ。だが、無用な争いを避けるためでもある。アイラの婚約者ということにしておけば、手を出そうとする輩は減るだろう」

……否定はしないか。

でも、本当に俺を守る意図もありそうだね。

「減る……つまり、全員じゃないんですね？　もしや、それらをあぶり出すとか……？」

「話が早くて助かる。それでもお主に手を出そうとするということは、皇帝である俺に逆らうに等しい。うちの国も、一枚岩ではないゆえに」

「僕の身の安全を保証する代わりに、こっちも代償を差し出すということで良いですか？　氷魔法で、国に貢献するということで」

「ふっ、そういう認識で合っている……ははっ！」

突然、ゼノスさんが笑い出す。

同時に、凍《い》てついた空気が解ける。

「いや、すまんすまん。シグルドにアイラもな」

「いえ、俺は平気っすよ」

「び、びっくりしたもん！」

「……試しましたね？」

「そういうわけでもないさ。さっき言ったのは本心だしな。無論、少しの脅しというか……あれに耐えられるなら他の貴族に言い寄られても平気そうだ。さすがはグレイの子供だ」

「それはどうもです」

ふぅ、どうやら合格をもらえたらしい。

まったく、嫌な汗を掻いたし。

「話を戻そう。君には娘の婚約者のフリをしてもらう。そうすれば、変な輩が寄ってきづらくなる。それでも寄ってくるなら、俺の方で対処しよう。これで、君の身の安全を守る……ここまで良いかい？」

「はい、大丈夫です」

「うむ。そして君には、氷魔法を使って国に貢献してもらう。色々と便宜を図るつもりだ」

それなら、俺の言うべきことは決まっている。

というより、この方ならわかってるだろうし。

「では、一つだけお願いします。僕の力を預けることに異論はありません。ただし、国のために使うというなら、きちんと民にも届くようにお願いします」

「……もちろんだ、それが国のためだ。こちらの要望に応えてくれれば、あとはお主の自由にしていい」

「それなら安心です」

「決まりだな」

「やったぁ！　これでアレスと一緒ね！」

再び、アイラに抱きつかれる。

そうして喜んでくれる姿に、少し照れてしまう。

「はいはい、そうだね」

「むぅ……嬉しくないの？」

「いや、嬉しいよ」

「コホン！　ただし、さすがに一緒の家というわけにはいかん。屋敷の裏に小さい小屋があるので、そちらに住んでもらう。小屋と言っても、結構な広さはあるが」

「それで十分です」

「あと、許可がない限りはこっちの屋敷に入ってはならん。無論、アイラが行くことも。アイラ、わかったな？」

「どうして私だけに言うのよ？」

「アレス君は理解できるからだ」

まあ、そりゃそうだよね。

皇帝陛下の隠れ家に、ただの男爵子息が出入りしていいわけない。

それに婚約者のフリとはいえ、若い女の子が住んでるんだし。

「むぅ……仕方ないわね」

「よし、これで終わりだ。ひとまず解散としよう。アイラ、部屋に案内してあげなさい。今は自由にしていいから」

「ほんと!?　アレス！　いくわよ！」

「ちょっと!?」

ものすごい勢いでアイラに引っ張られて、俺は部屋を出ていくのだった。

＊＊＊

アイラに連れられて、屋敷の裏にある小屋に到着する。

と言っても……前世で言うところの、普通の平屋サイズくらいはある。

「ほら！　ここよ！」

「わ、わかったから。とりあえず、落ち着こう。これからは、普通に話せる時間が増えるからさ」

「むぅ……そうね、アレスの言う通りだわ」

そう言い、ようやく手を放してくれる。

少しドキドキするので、繋ぎっぱなしは大変なのです。

ひとまず、扉を開いて中を見てみると……。

「へぇ……思ったよりちゃんとしてるね」

「ふふーん、私もお手伝いしたもん！　お部屋のお片付けとか！」

「そうなんだ？　ありがとね」

「えへへ」

ふんふん、予想通り平家の家っぽい。

玄関からはキッチンやリビングが見えるが、かなり綺麗だ。

「あと、お風呂やトイレもあるのよ！　こっちこっち！」

「はいはい、わかったから」

アイラについていき、玄関を上がる。

その真横のドアを開けると、前世でもお馴染みのトイレがある。

水魔石を使うことで、流れる仕組みになっている。

前も思ったが、こればっかりは感謝しかない。

作ってくれたドワーフ様々ってやつだ。

「お風呂は、その隣の扉を開けるとあるわ！」

「なるほど……うん、いいね」

洗面台や脱衣所スペースもあるし、奥に見える風呂場も、一人にしては広い。

今さらだけど、現代とそこまで変わりがないのは助かる。

なんでも、基本的にはドワーフ族の人たちが考えたって話だけど。

「リビングも広いし、三人くらいは住めちゃいそうだね」

「なんなら、私が一緒に住んでも良いのよ？」

「ダメに決まってるし」

「むぅ……まあ、良いわ。とりあえず、一緒のところにいるから我慢する」

「そうしてくれると助かるよ」

「じゃあ、次は遊ぶわよ！」

「うん、良いよ。何をして遊ぶ？」

「ふふふ、決まってるじゃない――」

「まあ、そうだろうね」

というわけで……こうなるよね！

お互いに木剣を持って、大きな庭で稽古を始めています。

「ヤァ！」

「よっと」

「むぅ……相変わらず避けるのが上手いわね」

「それはどうも。ダメージを負わないことが、水魔法使いにとって大事なことだと教わってるからね」

次々と繰り出される剣を、足のステップと身のこなしで躱《かわ》している。

これも、エリゼとの鍛錬の成果だ。

「でも、これなら――」

「あぶなっ!?」

姿勢を低くしたアイラが、一瞬で間合いを詰めてきた！

とっさに右に避けて躱せたけど……結構危なかった。

「さすがはアレスね。これを避けられる人は、学校でも一握りの生徒だけなんだけど」

「今のは何？　一気に加速したような……」

この世界には、身体強化みたいな便利な能力はない。

だからこそ、魔法が重宝《ちょうほう》されているわけだし。

「アレスが教えてくれたじゃない、魔法は使い方次第だって――ねっ！」

再び、急加速をしてアイラが迫ってきたので……今度は、剣を合わせることで受け止める！

「なるほどね、そういうことか」

「あら、バレちゃった？　というか、二回目も止められちゃったわ」

「いや、ギリギリだったよ。うん、上手いやり方だね」

さっきアイラがいた位置の地面が、少し盛り上がっている。

おそらく、飛び出す直前に足の裏辺りを土魔法で押したんだ。

それにより、ロケットスタートのような勢いをつけたに違いない。

「えへへ、褒められちゃった……」

「これは褒めるしかないよ。だって、アイラは魔法のコントロールが苦手だったはずだし」

「うん、かなり頑張ったわ。さすがに遠距離は克服できなかったけど、色々と魔法の使い方を考えたりね。これなら、剣術にも使えるかなって」

……なんか、嬉しいな。

俺が一人で頑張ってる間に、アイラも頑張っていたんだと思うと。

「うん、良い使い方だと思う。じゃあ、こっちからもいこうかな？」

「わわっ!?」

アイラの足元に氷を発生させるが、素早く身体を引くことで躱されてしまう。

「ありゃ、前みたいにはいかないか」

「あ、あぶなかっ……ふ、ふん！　余裕よ！」

「そう？　じゃあ、どんどんいこうか」

「望むところよ！」

その後、魔法や剣、そして体術を駆使して庭を駆け回っていると……。

「おーい！　アレスー！　一旦帰るぞー！」

「あっ、兄さん」

「もう、そんな時間なの？」

「おいおい、二人とも泥まみれじゃねえか」

「あれ？　……ほんとだ」

今気づいたが、全身が汚れている。

振り返れば、庭もぐちゃぐちゃになっていた。

「アレスってば、顔に泥がついてるわ！」

「いや、君もだからね？　鏡でも見たら？」

「「……あははっ！」」

思わず、二人で顔を見合わせて笑う。

「こんなこと、前にもあったわね」

「そうだね、懐かしいや」

「まったく、仲が良いことで……まあ、それに越したことはないか」

あの時も、こんなふうに稽古をして、二人で汚れていたっけ。

あれから三年経ったけど、全然そんな感じがしないや。

皇女様だと知ったけど、すぐに前みたいな感じになれたし。

最初から皇女様だって知ってたら……もしかしたら、違ったのかもしれない。


住む場所が決まってからは、割とのんびりと過ごすことができた。

兄さんと稽古をしたり、一緒に散策したり、久々にたくさんの時間を過ごすことができた。

でも、楽しい時間はあっという間に過ぎ去ってしまう。

別れが迫っているのだ。

こればかりは、何回経験しても慣れそうにない。

9　襲撃

いよいよ、兄さんが皇都を発《た》つ日がやってきた。

皇都の門から少し離れた場所で、兄さんを見送る。

門番さんとかに、泣き顔とか見られたくないから。

「アレス、元気でな」

「……うん」

「おいおい、しけた顔すんなよ。大丈夫だ、また会いに来るさ」

そう言い、いつものように頭を乱暴に撫でる。

「でも、そう言って三年も会えなかったよ？」

「ぐっ……それを言われると痛いな」

「冗談だよ、仕方ないのはわかってるから。僕も帰れるようなら帰るね。アイラも、また領地に行ってみたいって言ってたし」

「おっ、そいつは良い。あっちなら、誰にも気を遣わずに済むしな。んじゃ、それを待つとしようか」

「うん、そうするね。それにしても遅いね？」

「ああ、そうだな。しんみりするのはアレだから、さっさと行きたいんだが……」

実は、俺と兄さんは今、二人きりだ。

アイラは学校だし、ランドさんは用事があるから少し遅れるとか。

俺が泣けるように気を遣ったのかもしれない。

「はは、確かに……うん？」

「どうし……何か来るな」

街道の向こうから、何やら声が聞こえてくる。

「アァァァァ!?」

「た、たすけてくれぇぇー!?」

「ガァァァァァァァ!!」

姿は見えないが、誰かが魔物に襲われているようだ！

「逃げてるってことは、民間人が襲われてやがるのか!?　衛兵にすぐに応援を！　ひとまず俺が行きます！　戦える者はついてきてください！」

「は、はいっ！」

「すぐに知らせます！」

兄さんの声により、その場にいた門兵たちが慌ただしくなる。

ある者は武器を用意し、ある者は街へと入っていく。

「兄さん行こう！　先に行って襲われてる人を逃がさないと！」

「お前はここにいろ！　いいか!?　人が来るまで動くんじゃない！」

そう言い、俺を置いて走り出すので、その背中を追いかける！

兄さんを一人でなんか、行かせられない。

うちの大事な跡取りで、大事な俺の兄さんだ。

「嫌だよ！　ついていくよ！」

「おま……チッ！　時間がもったいない！　良いか？　俺の言うことを聞けよ？」

「うんっ！」


そして、走ること数分……状況が見えてくる。

体長三メートルを超える熊みたいな生き物が、馬車に襲いかかったようだ。

「ガァァァ！」

「ヒィ!?　お、追いつかれたァァァ!?」

「馬がやられた！　もうダメだ！　誰かァァァァ!?」

まずは冷静に状況判断だ。

やられたのは馬だけ……今のところ、死人はいなそうだ。

「あれは……レッドベアーか！　どうしてこんなところに！」

「ひとまず、牽制するよ――アイスランス！」

「グガァ！」

俺の放った氷の槍は、レッドベアーの腕の一振りで粉砕された。

だが、逃げる時間稼ぎにはなった。

その間に、馬車に乗っていた人が俺たちの後ろに回る。

「……それにしても、簡単に壊してくれちゃって」

「当たり前だっ！　あいつはC級の魔物だ！　お前たち！　早く皇都に逃げろ！」

兄さんが叫ぶと、逃げてきた男たちが応える。

「は、はいっ！」

「ありがとうございます！　でも、護衛の冒険者の方が！」

「そっちも俺たちが確認する！　今は逃げることだけ考えろ！　衛兵頼んだぞ！　皇都まで護衛してくれ！」

「了解です！　シグルド殿！」

「あなたなら心配ないと思いますが……ご武運を！」

商人らしき二人の男性は、俺たちを通り過ぎて、ついてきた衛兵に保護される。そして、そのまま皇都に向かって避難していった。

これで、安心だ……あとは、俺たちがどうするかだ。

幸い相手は魔法を警戒してるのか、様子を窺《うかが》っているみたい。

「アレス、お前は援護に徹しろ。俺が前衛を務める」

「うん、わかった」

「いいか？　もし、俺がやられそうになったら……お前だけでも逃げろ」

「嫌です」

「おま……！」

「逆ならどうですか？　僕を置いて逃げますか？」

「……ちっ、聞き分けのない弟だ。んじゃ、やられないようにするかね」

俺だって遊んでいたわけじゃない。

少しでも、兄さんの役に立ってみせる。

レッドベアーという魔物を、注意深く観察してみる。

「毛皮は赤いね。もしかして火を使う？」

「ああ、そうだ。今に限っていえば、お前を連れてきて良かったぜ。氷魔法ではなく、水魔法で牽制してくれ」

「うん、わかった」

すると、レッドヘアーの空気が変わる。

「このまま応援が来るまで時間を稼ぎたかったが……そうはいかないか。アレス！　さっきも言ったが俺が前に出る！　援護をよろしくな！」

「うんっ！」

兄さんが駆け出したと同時に、相手も駆け出す！

そして——兄さんの二本の剣が、相手の両爪と激突する！

「ウラァァァ！」

「ゴガァァァァ！」

「す、すごいや……」

何気に、兄さんが戦うところは初めて見る。

いつの間にか二刀流だし、あの熊にも力負けしてない。

でも、兄さんの方が分《ぶ》が悪い……今だって、身体のところどころから血が出ている。

「兄さん！」

「おうよ！」

俺の一言で兄さんが察し、一瞬だけ横にずれる。

「今——アクアショット！」

「ゴカァ!?」

俺の水の球はレッドベアーの胴体に当たり、怯《ひる》ませた。

格上の相手だけど、やっぱり弱点となる属性だから効くらしい。

「ウラァ！」

「ゴァァァ!!」

その隙をついて、兄さんが攻撃を仕掛けていく！

「次々いくよ——アクアランス！」

今度は直線ではなく、槍投げのように上に向かって曲線を描くイメージ。

それは狙い違わず、頭上から相手に突き刺さる！

「ゴガァァァ!?」

「アクアボール！」

今度は野球のカーブを投げるイメージで、弧を描いて発動！

それは兄さんを避け、相手の脇に直撃する。

「ゴガァァァ!?」

「はっ！　やるじゃねえか！　魔法コントロールが上手いな！」

「兄さんこそ！　相手は格上なのにすごいや！」

「お前がいるからな……ただ、ここからが問題だ」

「どういうこと?」

レッドベアーの様子を見ていると……変化が起きる。

全身が燃えるような赤色に染まっていき、口や手足から火が漏れ出てくる。

「……救援が来る前に本気になっちまったか。ここからが本番だ……気合い入れろ」

「う、うん」

「スウ――」

レッドベアーが大きく息を吸う動作をする。

「来るぞ！　火のブレスだっ！」

「兄さん！　僕の側に！」

「おう！」

次の瞬間――口から火炎が放たれる！

「ゴバァァァ!!」

「アクアウォール！　……つっ!?」

水の壁を作ったのは良いものの、それを越えて熱が伝わってくる……！

このクラスの攻撃には、まだ耐えられそうにない！

「ま、まずい……このままじゃ」

そこへ兄さんが。

「アレス！　俺に水を！」

「えっ？」

「いいから早く！」

「わ、わかった！　水よ！」

バケツをひっくり返すように、兄さんに水をぶっかける。

「ウ、ウォオオオ!!」

「兄さん!?　危ないから戻って！」

水の壁から抜け出し、火炎放射の中を兄さんが突き進んでいく！

かぶった水と二本の剣でガードしているが、ところどころ焼けていく！

「お前はそこにいろ！」

「でも！」

「動くな！　お前は俺が守る……！」

「に、兄さん……」

「弟を守るのが兄貴の役目だ！　それを俺は——何を弟に守られているんだよオォォォ！」

兄さんが交差していた二本の剣を振り抜く。

すると、炎が真っ二つに割れた！

「ゴァァァ!?　スゥ——」

「吐かせてたまるかよっ！」

再びブレスを吐こうとしたレッドベアーの口の中に——兄さんの剣が突き刺さる！

「ボカァァァァ!?」

すると奴の口が爆発し、顔が吹き飛ぶ！

「ふんっ、ざまあみろや……」

同時に、兄さんが地面に倒れ込んでしまう。

身体中から煙を上げながら……それを見た俺は、急いで駆け寄る。

「兄さん！　ひ、ひどい火傷……」

「コフッ……アレス、お前が無事で良かったぜ」

皮膚《ひふ》は灼け爛《ただ》れ、黒くなってる部分もある。

「どうして水の壁から出ていったの!?」

「あ、あのままじゃ……お前に火炎放射が当たるだろうが。お、弟を守るのが……兄貴の役目ってもんだ」

「ぼ、僕が、もっと強かったら……僕の魔法が弱かったから……」

「な、情けない面してんじゃねえ。言っておくが……あのブレスを防げるだけで上等だ。相手はC級だぞ？　お、大人の冒険者でも勝てる奴は限られる」

「で、でも……あっ！　すぐに治すから！」

俺は何をぼんやりとしているんだ!?

「癒しの水よ、かの者を癒したまえ——ヒール」

……どうして？　傷が癒えていかない！

「あ、あれ!?　回復魔法ができない!?」

「ゴフッ！　ゴフッ！」

「に、兄さん!?」

どうしよう!?　どうしたらいいんだ!?

……お願い！　誰が来て！

すると、俺の手に誰かが触れる……ふと横を見ると、そこにはエリゼがいた。

「エ、エリゼ？　ど、どうしよう!?　兄さんが!!」

「アレス様、教えたはずですよ。魔法とは万能ではないと。どんな時も冷静に、それが水魔法使い

の役目だと。落ち着いて、冷静に」

そ、そうだ……こんな精神状態で上手くいくはずがない。

心を落ち着かせて、冷静に……。

「そうです。さあ、やってみましょう」

「すぅ……大いなる水よ、かの者の傷を癒したまえ――ハイヒール」

ありったけの魔力を込めて、兄さんに中級回復魔法をかけると……見る見るうちに、傷が塞がっていく。

「うっ……」

「に、兄さん？」

「大丈夫ですよ、気を失っただけですから」

「ほんと？　……よ、良かった……」

一気に身体の力が抜けて、意識が遠ざかっていく。

「ま、まだ、見てないと……」

「お疲れ様でした、あとは任せてください」

その言葉に安心して、俺は意識を手放すのだった。

……あれ？　なんか、懐かしい匂いがする。

それに柔らかくて、すごく安心する。

「だから悪かったって！」

「いえ、許しません。まったく、だからあなたに任せるのは反対だったんです」

あれ？　エリゼの声がする？

「い、いや、俺だってよぉ……」

「ははっ！　エリゼ、その辺にしといてやってくれ。俺も生きてるし、こいつも生きてる。ランドだって、俺らのためを思ってやったんだ」

「……まあ、そうですね。アレス様が無事でしたから」

「待って？　その言い方だと、俺がどうでもいいみたいじゃね？」

「そう言いましたが？」

「ひどっ!?　い、いや、まあ……仕方ねえか」

「ふふ、冗談ですよ……おや？　気がつきましたか？」

そこで頭がはっきりしてきて、エリゼと目が合う。

……どうやら、膝枕をされているようだった。

そりゃ、懐かしいと思うわけだ。

「エリゼ？　どうして、エリゼが……そもそも、ここはどこ？」

「そうですね、少し混乱しますよね。全てはランドが悪いので、あとで殴って良いです」

「えっと……どういうこと？」

「あぁー……アレス様、すまなかった。肝心な時に、側にいないで」

ランドさんがすまそうな顔をしている。

そうだ、俺は魔物と戦って……。

「あっ！　兄さんは!?」

「こっちだよ、アレス」

その声を聞いた俺は、ソファーから下りて駆け寄る。

そこには、ベッドに横たわる兄さんがいた。

どうやらここは、俺が住む予定の部屋のようだ。

「寝てるけど……僕の魔法、しっかり効いた？」

「ああ、ばっちしだ。ただ、体力だけはどうにもならんからな。こうして、休ませてもらってるってわけだ」

「そっか……良かった」

「おいおい、泣くんじゃねえよ」

そう言い、いつものように頭をガシガシと撫でる。

その、いつものが……とても嬉しい。

「な、泣いてないし」

「へっ、そうかい」

「あの、兄さ」

「謝ることはないし、礼を言う必要もないからな？」

……まさに、言おうとしたことを言われてしまった。

「で、でも……」

「弟を守るのが、兄貴の役目だからな。ようやく兄らしいことができたぜ」

「そんなことないよ。兄さんは、いつだって兄さんらしいよ……僕の自慢のお兄さんだもん」

「……あんがとよ……すまんが、少し寝る」

「うん、おやすみなさい」

すると、兄さんが一瞬で寝息を立て始める。

もしかしたら、俺を安心させるために頑張って起きてたのかも。

俺ってば、守られてばっかりだ……強くならないと。

もう、あんなことにならないように。

次は、俺が兄さんを守れるように。

「エリゼ、ランドさん、説明をお願い。何がどうなったの？　どうして、エリゼがここにいるの？」

「そうですな。まずは、レッドベアーに襲われた民間人は無事です。ただし、護衛していた冒険者は全滅……事後処理は俺がやりやした。というか、それくらいはしないと」

……そっか、その人たちは助けられなかったか。

もし生きてさえいれば、助けられたかもしれない。

……さすがに、傲慢《ごうまん》かな。

「そうですね、肝心な時にいないのですから」

「ぐっ……言い訳はしないが、説明だけはさせてくだせい。あのレッドベアーはイレギュラーだ。普段はあんなところにいないから、おそらくはぐれだろう。推測だが、同種と戦い縄張りを追い出されたとか。言い方はアレだが、だからこそ倒せたとも言えますな。本来なら、格上の相手ですから」

「そっか……不幸中の幸いってことだね」

「そういうことですな。アレス様、肝心な時にすみませんでした。俺を呼び出したギルドマスターからも謝ってくれと」

「ううん、仕方ないよ。タイミングが悪かっただけだし」

それに、こういうことはよくある。

前世でも経験したけど、大体そういう時に問題は起きるものだ。

だからこそ、それに対処できるようにしないと。

「それで、私がいる理由ですが……まあ、簡単なことです。これから、ここに住むからですね。なので、ここに来る途中でアレス様たちを見つけたって感じです」

「……はい？」

どういうこと？　エリゼがここに住むの？

「おい、さすがに省きすぎたろ」

「まあ、そうですね。旦那様と奥様に、お願いをしました……お暇をくださいと。ヒルダ様やシグルド様も成人しましたから、手もかからないでしょうし。最近では、奥様も家の仕事に集中できるくらいに余裕もできましたから」

「ふんふん、良いことだね。エリゼは、働きすぎだもん」

赤ん坊だった俺の世話や、兄さんや姉さんのこと、家の料理や家事までやってた。

一日中動いていて、休んでるところなんか見たことない。

「ありがとうございます。それで先ほど、ゼノス様とお会いして……アレス様の面倒を見させてほしいとお願いしました。そうしたら良いと言ってくれたので」

「……ん？　お暇はどこ行ったの？　長期休暇ってことじゃないの？」

「アレス様のお世話は休暇みたいなものです」

「……そ、そうなんだ？」

「ええ、そうなんです。何か問題が？」

「い、いや、ないけど」

……何やら有無を言わせぬオーラを感じる。

「ったく……まあ、そういうわけらしい。俺らも心配だったし、助かるといえば助かる。というわけで、エリゼはここで暮らすそうだ」

「エリゼ、これからもよろしくね？　あと、正直言って……来てくれて嬉しい」

「アレス様！」

「わわっ⁉」

ギュッと抱きしめられる！

いまいち理由がよくわからないけど……嬉しいから良いや。


それから数日後、今度こそ兄さんは旅立っていった。

ランドさんがいるし、心配はいらないだろう。

それよりも、アイラが大変だった。

俺たちが魔物に襲われて倒れたって聞いたからか……。

一日中張り付いて心配してくるし、学校も休むとか言うし。

さすがに、学校には行きなさいって言ったけどね。

そんな中、俺はというと……学校に行くまでの間、ひたすら鍛錬を積んでいる。

次こそは、大切な人を守れるように。

そして、アイラに心配をかけないためにも。

＊＊＊

「アクアボール！」

「ふっ！」

放った魔法が、エリゼの手刀で消される。

「ダメです。もっと、魔力を練ってください。大きければ威力が上がるわけではありません。小さくても、重さと威力のある魔法をイメージしてください」

「なるほど……うん、わかった」

この間のことで、イメージの大切さというのを思い知った。

そして、常に冷静になることを。

「すぅ――アクアボール！」

「ふっ！　……いいですね、先ほどより重かったです」

「ほんと⁉　やったぁ！」

ほんと、エリゼが来てくれて良かった。

これで、魔法の鍛錬がいつでもできる。

「ふふ、やはり呑み込みが早いですね。学校に行ってる上級生にも、まだ扱えないですよ」

「そうなんだ？　同年代の魔法使いと会ったことないからわかんないや」

「まあ、アイラ様は魔法使いというより剣士ですし。ヒルダお嬢様は、かなりの才能と努力の持ち主でしたからね。あと、二週間もすればわかりますよ」

「そっか……力って隠した方がいいかな？」

「どうでしょう？　確かに目をつけられることはありそうですが。ただ、そのための婚約者のフリでもあります。ゼノス様としても、国のためにアレス様に氷魔法を極めてほしいでしょうし」

……そういう面もあるのか。

利用されるのはアレだけど、持ちつ持たれつってことか。

「じゃあ、隠さない方が良いのかなぁ」

「そうですね、むしろ見せつけるべきかと。圧倒的であれば、それだけで退いていきますから。中途半端だと、かえって面倒になるかと。あとは、もし面倒事になったら……」

「上手く、バレないようにだね？」

「ええ、そういうことです。貴族との関係上、ゼノス様も助けられるわけではありませんから」

「うん、そうだよね。そもそも、それを理由に偉ぶるつもりもないし」

コネがあったり、バックに強い人がいても、それで本人がすごくなったわけじゃないし。

あくまでも、その本人が何をしたかだと思うし。

「ふふ、そういう方だから、ゼノス様も認めたのでしょう。さて、次はどうしますか？　何かしたいことがあればおっしゃってくださいね」

「うーん……その、本気を出していいなら、試したいことがあるんだ。僕の目標の一つである、水魔法の地位上昇について」

「四属性の中では、器用貧乏扱いされてますからね。無論、それが必要な場面もありますが」

前も説明されたけど、基本的に後衛扱いだ。

回復に専念したり、雑用で水を使ったり……攻撃魔法って面では、そこまで重宝されていない。

だから、その攻撃魔法の面で強化を図りたい。

「そうだよね。僕がやりたいのは、攻撃面についてなんだ」

「わかりました。何か考えがあるのですね？」

「うん、一応ね。ただ、相当な魔力を使うから……他の人は扱えないかも」

多分、イメージすることが難しいはず。

でも、前世の知識がある俺なら、イメージすることは簡単だ。

「ふむ……ひとまず、やってみてください」

「えっと、もしかしたら……色々なものを壊しちゃうかも」

「では、私が風の防御壁を何枚も作りましょう」

するとエリゼの前に、緑色の壁が五枚ほど出現する。

「それって、強度はどれくらいあるの？」

「中級魔法程度なら、簡単に防ぎますよ。むしろ、一枚でも壊したら大したものです」

「むむ……じゃあ、破っちゃうからね？」

「ええ、楽しみです」

すると、誰かが走ってくる音がする。

まあ、一人しかいないけどね。

「ちょっと⁉　私に内緒で何してるの⁉」

「アイラ、学校は終わったの？」

「そうよ！　ずるいわ！　私も交ぜて！」

「では、今からアレス様が新技を披露するみたいなので」

「ほんと⁉　……じゃあ、静かにしてるわ」

「ええ、よく覚えてましたね？」

「魔法はイメージが大切でしょ？　それだけは守ってるわ」

「ありがとう、アイラ……じゃあ、いくよ」

よし……イメージだ。

今までも、こっそりと鍛錬はしてきた。

ひたすら魔力を込めて、それを圧縮させるイメージ。

入り口は細く、一点集中……今っ！

魔法を撃ったあと、エリゼの顔が驚愕に染まる。

アイラはというと……ポカーンとした顔をしている。

「……なんと」

「どうかな？」

「素晴らしいですね。私の風の壁を三枚割るなんて……これをどうするので？」

「入学時の試験でやろうかなって」

「それは良いかと。かなりのインパクトがありますね」

「それ狙いだからね」

「す、すごーい！　アレス！　すごいわ！」

すると、ようやく起動したアイラが思いきり抱きついてくる。

「これで、いざって時にも君の助けになれるね」

「な、何よ……生意気言って」

「一緒に、ダンジョン攻略をするんでしょ？　これから、もっと強くなるから。大切な人たちを守れるように」

「……私も強くなる！　それで、アレスを守ってあげる！」

「あらら……それじゃあ、お互いに頑張ろうか」

「うんっ！」

よし、エリゼのお墨付きは取れた。

あとは、本番までに完成度を高めるだけだ。

第3章

学校生活

episode
3

10　新しい日々

ぅーん……眠ぃ。

もう少し寝かせてくれても……揺さぶらないでぇぇ。

「アレス！　起きて！　今日は入学試験よ！」

「……アイラ？　あれ？　もう、そんな時間？」

「そうよ！　ほら！　早く早く！」

「アイラ様、落ち着いてください。アレス様大丈夫ですよ、まだ時間はありますから」

「そ、そうだよね？」

まだ体感的には平気な気がする。

すると、六時の鐘が鳴った。

入学試験は八時からなので、全然遅刻するような時間じゃない。

「……アイラ？　どういうことかな？　全然、遅くないけど？」

「うっ……き、気のせいよ！」

「いや、今さっき鐘が鳴ったから気のせいじゃないし」

「むぅ……」

なんだ？　どうしたんだ？

昨日までは、別に普通だったんだけど。

「きっと、嬉しくて興奮しているのでしょう？　今日から、アレス様と一緒に学校に行けますからね」

「ち、違うわよ！」

「ん？　違うの？　僕は一緒に行けて嬉しいけどね」

「なっ……わ、私だって嬉しいもん。エリゼばっかり、アレスといてずるいもん」

「どういうこと？」

「べ、別に！　とにかくあとでね！」

そう言い、小屋を出ていってしまう。

「結局……なんだったの？　というか、この家に入って良かったの？」

「ふふ、我慢できなかったのでしょうね。私ごときにヤキモチを焼くとは。これから、学校に行ったら大変ですね？」

「うん？　何が大変なの？」

「いえいえ、色々とです。では、朝ご飯の準備をいたしますね。その間に、お着替えと顔を洗ってきてください」

「……わかった」

何やら誤魔化《ごまか》されたけど、ひとまずベッドから下りて準備をする。

その後、美味しい朝ご飯を食べる。

今日のメニューは、野菜とベーコンのスープに硬いパン。

エリゼが持ってきた、金色鳥の目玉焼きとイノブタのウインナーだ。

「いや～本当にエリゼが来てくれて助かったよ。美味しいのはもちろんだけど、こうしてリラックスして食べられるし」

「ふふ、ありがとうございます」

本当ならゼノスさんのメイドがやるはずだった。

それだったら、こんなに気楽ではいられないし。

「でも、好きにして良いからね？　エリゼは休みなわけだし」

「ええ、大丈夫ですよ。この間も言いましたが、好きにしてますから」

「……なら良いけど」

正直言って……どうして、ここまで俺を可愛がるのかわからない。

兄さんや姉さんに対する感じと違うし、そもそも両親の使用人だし。

……まあ、嬉しいから良いんだけどさ。

朝ご飯を食べ終えたら、いよいよ学校へと向かう。

「エリゼ、行ってきます」

「はい、行ってらっしゃいませ。アレス様、本気でやって大丈夫です」

「……うん、わかった」

小屋を出て、屋敷の入り口に行くとアイラが馬車の窓から手を振っていた。

本当に、待ちきれないようだ。

「アレス～！　こっちよ！」

「はいはい、行くから」

俺も馬車に乗り込むと、すぐに馬車が走り出す。

「さて、どういう流れか確認しておこうか？」

「えっと……わ、私とアレスは婚約者だわ」

「うん、そういうフリだね」

「むぅ……まあ、良いわ。だから、こうして馬車で一緒に行って、みんなに認知してもらうってわけ」

「うん、そうだね」

子供とはいえ馬車に二人で乗るのは、結構な親密度がないと許されない。

何せ、相手は皇女様だし。

一緒に登校するだけで、かなりの噂になるだろう。

「ただ……」

「うん？　どうしたの？」

「わ、私、あんまり好かれてなくて……」

「……黒髪だから？」

「うん、それもあるけど……どう扱っていいのかわからないみたい。皇女なのに剣を習ったり、冒険者を目指したり……」

「ああ、なるほど……前も言ったけど、僕は良いと思うよ。大丈夫、僕でよければ力になるから……ねっ？」


「アレス……ありがとぅ」

そう言い、可愛く微笑む。

アイラは学校でうまくやれていないのかもしれない。

自分のことを含めて、色々とやることがありそうだ。

四年間か……多分、あっという間に終わるような気がする。


その後、軽く打ち合わせをして学校に到着する。

入り口には大きな門があり、馬車なんかも通れるくらいだ。

貴族の子息が集まる学校だけあって、門の前には警備の人たちが何人もいる。

しかも建物の周りは高い塀に囲まれていて、侵入するのは困難だろう。

「よし、行こうか？」

「う、うん」

「ここからは婚約者とはいえ、敬語でいくからね？」

「ええ、わかったわ。じゃあ、私も毅然《きぜん》とした態度を取らないと」

二人で顔を見合わせて頷《うなず》き、まずは俺から馬車から降りる。

「お、おい？　あれ、誰だ？」

「皇族専用の馬車から降りてきたぞ？」

「見たことない人だが……」

早速、注目を集めている。

あとは、あっちが勝手に騒いでくれれば良い。

そして、降りてくる彼女の手を取る。

「アイラ様、お手をどうぞ」

「っ～!?　あ、ありがとう」

顔を真っ赤にしたアイラが、おずおずと俺の手に触れる。

そして、降りたところで手を離し、並んで歩き出す。

俺は耳元でこそこそと話しかける。

「良い演技だったね」

「ふえっ？　な、何が？」

「いや、さっき顔が真っ赤になったからさ。多分、周りにもそう見えたんじゃないかな？」

「ま、まあね。これで作戦成功だわ」

「じゃあ、引き続きよろしく」

そのまま歩きながら、アイラから説明を受ける。

「ここは二つの校舎に分かれているわ。二階建ての建物が二つ見えるでしょ？」

「ええ、見えますね」

「右側に行くと上級生の校舎があって、左側には私たち下級生の校舎があるわ。基本的に、行き来の制限はないけど……上級生の校舎には下級生は行かない方がいいわね」

「なるほど……」

向こうから来るなら別だけど、こっちから行くのは問題あるよね。

それこそ生意気とか、暗黙のルールとかってやつだ。

「その真ん中にある建物が、共通ホールよ。全校集会や、大事な話し合いとかに使ったりするわ。空いてる時は、鍛錬したりしてもいいし」

「了解です」

前世で言うところの、体育館のような扱いかも。

「その中央の建物と、他の建物は距離があるわ。その間にあるのが校庭ね。そこで様々な実戦訓練をするってわけ」

「色々と教えていただき、ありがとうございます」

「べ、別に……」

そして真ん中の建物まで来ると、『新入生はこちら』という看板が目に入る。

さっき言っていた、共通ホールというやつだ。

「じゃあ、私はこれで」

「アイラ様はどうするのですか？」

「というか、本来私は登校日じゃないから。今日は、ただの見学よ。見てるから、しっかりやりなさい」

「はい、わかりました」

「むぅ……」

俺が敬語を使い、綺麗にお辞儀をすると、不満そうな表情を浮かべた。

俺とて使いたくはないが、こうしてる間にも人は集まってきている。

大人から子供まで、俺たちに注目しているし。

「アイラ、しっかり……さっきまでと同じように」

「わ、わかってるわ。では、あとで」

「はい、行ってまいります」

アイラが去るのを待ってから、俺も看板に従って歩き出す。

11　入学試験

そして、扉を開けて中に入ると、目の前にテーブルがあり……そこには受付の人らしき人が何人もいて、生徒らしき人たちが並んでいた。

「新入生の皆さんは、こちらで名前をお願いします！」

「受付の人にフルネームでお願いします！」

俺は来るのが早かったらしいので、すぐに順番がやってくる。

ある意味で、早く起こしてくれて良かったかも。

「新入生の方ですね、お名前を教えていただけますか？」

「おはようございます、アレス・ミストルと申します」

「アレス・ミストル様ですね……アレス？　……あの氷魔法の!?」

その声に、その場にいる全員が振り向く。

「あ、あれが噂の!?」

「この大陸において、唯一氷魔法を使えるとか……」

「うちの家でもあいつが作った魔石を使ってるぞ……」

ようやく、少しだけ実感してきた。

今までは、自分の領地にいたから気づかなかった。

でも、俺がやってきたことは驚きに値することなんだ。

「すみません、とりあえず中に入っても良いでしょうか？」

「も、申し訳ありません！　……これが名札になります。奥に係員がいますので、案内に従ってください」

「ありがとうございます。それでは、失礼します」

名札を胸につけて、そそくさとその場を離れる。

そして、奥の方に進んでいくと広い場所に出る。

イメージは体育館だったが、広さは東京ドームだった。

天井が高く広い空間、そして奥にはステージがある。

「へぇ、なるほど。早く来た者から試験をやってるって感じか。うん、効率が良くいいね」

そこではすでに、剣を交えている者や、魔法を撃っている者も見える。

すると、白髪の初老っぽい男性が近づいてくる。

「初めまして、アレス君。私の名前は、ホルスと申します。一応、私が試験官ということになります」

「ご丁寧にありがとうございます。アレス・ミストルと申します」

姿勢を正し、きっちりと挨拶をする。

俺の中では、もうクラス分けの試験は始まっていると判断したからだ。

理由は簡単で……この人からは、エリゼが俺を指導する時と似た雰囲気を感じるからだ。

この試験の結果で立場が決まるとは思わないが、Ｓクラスに入るに越したことはない。

俺は改めて、気を引き締めるのだった。


その後、ホルスという男性についていく。

その際に簡単に説明を受ける。

「この試験によってクラス分けが行われますが、特に難しいことはしません。理由は簡単で、初年度の子たちだからです。最初の才能だけで、クラス分けをします。そこまで力量に大きな差はないでしょうし。そして、二年に上がる際に本格的な試験を行います」

「わかりました」

確かに、この歳だと大したことはできないか。

まだ冒険者登録もできないような年齢だ。

まあ、普通ならってことだけど。

＊　＊　＊

「さて……では、始めますか」

「はい、お願いします」

ちょうど空いてるスペースに到着し、その近くには木剣が立てかけてある。

その周りでは、試験官と木剣を打ち合っている生徒たちがいた。

「うわっ⁉」

「そこまでですな」

「く、くそっ！」

大体の生徒は、試験官に手も足も出ない。

初めて同世代の人たちを見たが、普通の子供って感じだ。

剣の握り方や、足捌きがなってない。

あんなだったら、エリゼに怒られちゃうし。

すると、ホルスさんが俺に木剣を手渡してくる。

「気になりますか？　周りの音や視線が」

「いえ、特に問題ありません」

「ほほ……確かに、緊張した様子もなさそうですね。他の子たちは、ガチガチだというのに」

「慣れているもので」

三歳からエリゼと日課のように鍛錬はしてきた。

それを眺める父上や母上、兄さんや姉さん。

なので、見られることにも慣れている。

「……英才教育ですな」

「えっ？」

「いえ、なんでもありませんよ。それでは、始めます。まずは、そちらからどうぞ」

「ええ、わかりました——いきます」

鞘はないが、あるつもりで抜刀の構えから……逆袈裟斬りで振り抜く！

カーン！　と甲高い音が鳴り、相手に止められる。

「……ふむ」

「まだまだいきます！」

上からの振り下ろし、フェイントを使ったり、左右からの剣撃をぶつける。

しかし、その全てが簡単に防がれる……この人、強い。

「良いですな。剣筋から鍛錬の跡が見えますね」

「ありがとうございます」

「では、次は防御を見せてもらいましょう」

そこで攻守が入れ替わり、ホルスさんの剣が振り下ろされる。

今度は余裕をもって、それらを受け流す。

決して正面から受けずに、剣の側面で滑らすように衝撃を逃す。

「ほほう……受けが良いですね。先ほどよりも、相当な鍛錬の跡が見えますな」

「そうですね。受けは徹底的に扱《しご》かれましたので」

そして、五分くらい打ち合っていると……攻撃がやむ。

「はい、もう大丈夫です。息切れもしてないし、一度も直撃を食らわなかった……合格です」

「ありがとうございます」

「では、次に参りましょう」

そのままついていくと、ホールの中にある扉に到着する。

そこでは、生徒たちが一列に並んで待っていた。

「このあとは、外に出ての試験となります。さすがに魔法は一斉にはできませんからね。危険も多いですし、一番重要視している部分なので」

「そうですよね。それにしても、一人につき試験官がつくのは大変そうです」

「いえいえ、そんなことはないですよ。ここは特別な人しか入れないので、今年の新入生は五十人ですから」

「それは少ないですね」

「しかも、辞めていく生徒さんもいますから。すでに入学案内書で確認していると思いますが、そこからS、A、B、C、D組と振り分けられます……おっと、順番が来たようですね」

すると扉が開き、そこは外に繋がっていた。

「ここが魔法の鍛錬や試験を行う場所です。四方に風のバリアが張ってあるので、そうそう壊れることはないです」

「では、遠慮なくできますね」

「ほほっ、そうですな。では、あそこにある鎧に最大の魔法を放ってみてください」

ホルスさんが指差した先に、体長二メートルくらいの土の人形が置いてある。

おそらく、土魔法で作ったゴーレムというやつだ。

「属性はなんでも良いのですか？」

「ええ。ただ、水魔法の場合は弱点属性なので、威力は低下するでしょう。ですが、元々水魔法は……いえ、ここでやめましょう。あなたは、水属性と書いてありましたね」

「お気遣いありがとうございます。ですが、問題ありません」

そっか、こんなところでも水魔法の扱いの悪さがわかる。

大して攻撃力は期待されてないから、これで良いと思われているんだ。

だったら、なおさら……アレを披露するべきだよね。

「ほう？　……それは楽しみです。では、好きな時に始めてください」

「はい、もう平気です」

ホルスさんが頷き、一歩下がったのを確認してから精神を集中する。

単純に水を圧縮するだけではダメだ。

その原理を理解すること……イメージが大切だ。

「まずは、両手で輪っかを作る」

ここから圧縮された水が出ていくイメージ。

水は分子の結びつきが強いから、一点に集約させた時に鉄すらも切ることができる。

そして、出てくる箇所は限りなく細くする。

ホースの先をつまむように……やればやるだけ、鋭利な刃物と化すはず。

研磨剤などはないから、俺の魔力だけでやるためには……それが全てを貫くイメージを！

「研ぎ澄まされた水の刃よ、全てを切り裂け――アクアレーザー《水の光線》」

合わせた両手の間から、水の光線が放たれる！

それはゴーレムの胴体を綺麗に貫通した。

前世では鉄をも切断する高圧の水刃、それを魔法で再現した。

かなりの魔法コントロールが必要なため、元を知ってる俺でも習得に時間がかかった。

溢れ出る魔力を押し留め圧縮すること、限界まで絞り指向性を持って放つこと。

何より、大量の魔力を使うことが難点だ。

「こ、これは……ゴーレムを破壊？　しかも、バリアが揺らいだ？」

「はい、そうみたいです」

俺の放った水の光線は、その後ろのバリアにも衝撃を与えたらしい。

「ホルスさん、これで良いですか？」

「……ええ、文句なく合格です」

すると、後ろからざわめきが聞こえてくる。

「う、嘘だろ？　水魔法でゴーレムを破壊したぞ……」

「そもそも、攻撃魔法が弱いと言われているのに……」

「あいつ、何者だ？　この辺じゃ見ない顔だけど……」

ありゃ、目立っちゃった。

いや、それで良いのか。

これからは、どんどん目立っていかないと。

「……ひとまず、外まで行きましょう」

「へっ？　は、はい」

このまま帰されると思ったが、そうはならないらしい。

＊＊＊

騒がしい中、そのままホールを出て、右にある階段を上っていく。

そして、窓が見える位置で立ち止まる。

ちょうど、階段と階段の間のスペースだ。

ホルスさんが言う。

「この辺りでいいですか……噂には聞いておりましたが、これほどとは思ってませんでしたよ」

「噂ですか？」

「ええ、辺境ミストルに麒麟児《きりんじ》がいると。そして、その者の才能は凄まじいと」

噂かぁ……結構、広まってるみたいだ。

それにしても、まるで誰かから聞いたような口ぶりだ。

「そうなんですね」

「実は、あなたのことはよく知っているのです。お姉さんは私の元生徒なのです」

「えっ⁉　そ、そうだったんですね」

「もっと、言えば……あなたの師匠も知っています。エリゼ、いるのでしょう？」

「へっ？　ってエリゼ⁉　何をしてるの⁉」

ふと窓を見ると、その向こうにエリゼの姿が見えた。

というか、何か紐のようなものでぶら下がっている。

そして、そのまま窓から校内に侵入してきた。

「はぁ、相変わらずですね。窓を壊される前で良かったですよ」

「アレス様、試験お疲れ様です」

「う、うん、ありがとう。というか、どうしてここに？」

そもそも、ホルスさんをガン無視だけど良いのかな？

めちゃくちゃ険《けわ》しい顔してるけど？

「少しお散歩をしてただけです」

「いや、おかしいから！」

ホルスさんが口を開く。

「エリゼ君」

「これはこれは、お師匠様ではないですか」

「……お師匠様？」

「ええ、そうですよ。元宮廷魔道士長にして、私の師匠ですね。ちなみに、この学校の校長です」

「待って？　ちょっと情報が多くない？」

すると、ホルスさんが俺の肩に手を置く。

「はぁ……アレス君。ひとまず、試験は合格です。君は間違いなく、Ｓクラスになるでしょう」

「あ、ありがとうございます」

「そして改めまして、私が校長のホルスだ。君の活躍には期待しているよ。エリゼ君、説明は自分でしなさい」

「はい、わかりました。アレス様、とりあえず帰りましょう」

「うん、わかった。ホルス先生、色々とありがとうございました」

ひとまず疑問は置いといて、きちんとお辞儀をする。

「いえいえ、お気になさらずに……ほほ、しっかりした子ですな」

「当然です、私が教えましたから」

エリゼが誇らしげな表情を浮かべる。

なんというか、普段と違って少し可愛らしく見える。

「ドヤ顔しない……まったく、優秀な子だけに残念です」

「はは……エリゼには助けられてます」

「アレス様！」

「うひぁ!?」

なぜか俺は、エリゼに抱きかかえられています！

「では、師匠。また明日ですね」

「ええ、そうですな」

「ちょっ!?　どこから飛ぶ気!?」

「ここからに決まってます。玄関からだと、面倒なことになりますから」

「どういうこと？」

「説明はあとでします――では」

「アァァァ～!?」

結局、エリゼは俺を強く抱きしめたまま、窓から飛び下りるのでした。

……いや、普通に玄関から出ようよ？

窓から飛び下りたあと、紐をするすると回収するエリゼに尋ねる。

「というか、何をしてたの？　どっから来たの？」

「散歩です。今は、あちこちの屋上を渡っていました」

「そ、そう……ここ、立ち入り禁止なんじゃない？」

「平気です。色々と秘密があるのですよ」

そう言い、人指し指を鼻に添える。

「はいはい、わかったよ。エリゼに秘密が多いのは今に始まったことじゃないし」

「アレス様、良い女には秘密が付き物ですよ」

「それ、自分で言っちゃダメなやつ！　……とにかく、帰ろっか」

「はい、そうしましょう」

12　実の兄と対面

そこからぐるりと回って玄関に向かうと、人だかりができていた。

「なんだか、人が多いね」

「当然ですよ——第一皇子がいますから。だから、窓から飛び下りました」

「だからの理由になってないから……えっと、同じ年なんだっけ？」

「ええ、そうですね。学年的にはアレス様とは一緒かと」

というか、アイラの弟さんか。

会ったことないけど、挨拶ってした方がいいのかな？

するとアイラが声をかけてくる。

「アレスッ！」

「あれ？　アイラ様？　今度は弟さんを見に来たんですか？」

「何？　あの子いるの？　ちょっと待ってて！」

「えっ？」

アイラが人だかりに近づくと、モーセの十戒《じっかい》のように人が割れていく。

そして、その奥には金髪の少年がいた。

身長は俺より少し小さく、気弱そうな印象を受ける。

ただ、顔つきはゼノスさんに似ている。

「あ、姉上！」

「ほら、来なさいよ」

アイラに手を引かれて、その男の子がやってくる。

その光景は微笑ましいが、アイラと全然姉弟に見えない。

まあ、似てないのは人のことは言えないんだけど。

「アレス、弟のハロルドよ。ほら、挨拶をしなさい」

「アイラ様、それは困りますから。初めましてハロルド様、アレス・ミストルと申します」

あっちから挨拶などされたら、たまったもんじゃない！

俺は頭を下げて、急いで自己紹介をした。

「ど、どうもです……あの、ハロルドです」

「ちょっと、何を後ろに隠れてるのよ？　ほら、きちんと挨拶しなさい。そ、その……お兄さんになるかもしれないんだし」

そこへ俺がぼそりと言う。

「気が早くないですか？」

「な、何よ？　文句あるの？」

「いえいえ、ないですよー」

「むぅ……」

一体何が気に入らないのか、仏頂面《ぶっちょうづら》をするアイラ。

「仲がいいんですね……姉上の婚約者ですよね？　よ、よろしくお願いします」

「はい、こちらこそよろしくお願いいたします」

どうやら、相当シャイな人のようだ。

でも、偉そうなよりは全然好感が持てる。

「その、姉上の相手は大変だと思うけど……」

「ハロルド？　どういうことかしら？」

「えっと……そ、それじゃ！　僕はこれで！」

「ちょっと!?　待ちなさいよ！」

そう言い、二人が門へと走り出す。無論、そのあとには護衛らしき人がついていく。

俺はエリゼに言う。

「あらら……というか、僕の帰りはどうしよう？」

「元々、帰りは歩きの予定でしたから。だから、私がお迎えに来たのです」

「ああ、そうなんだ。じゃあ、先に帰ってようか」

その後、門を出て、皇都をエリゼと並んで歩く。

「……良かった」

「どうしました？」

「いや、仲が良さそうで。母親は違うし、アイラは特殊な立場って聞いてたからさ」

それこそ、普段は別々に住んでいて、顔を合わせる機会も少ないらしいし。

でも、あの様子なら心配なさそう。

「まあ、アレス様のおかげですね」

「……はい？」

「実は、アレス様と会うまでは……ハロルド様とは会ったこともなかったそうです。色々と、立場の違いもありますから」

「まあ、そうだよね」

皇妃様の子と、側室の子だもんね。

簡単に仲良くってわけにはいかなそうだ。

「アイラ様は会いたがっていましたが、それまではダメだったらしいです。ですが、アレス様に会ってから、ゼノス様が許可をしたそうですよ」

「どうして？　僕、何かしたかな？」

「同じような年齢のアレス様と遊んでるのを見て、何かを感じたのではないかと」

「ふーん……まあ、それなら良いや」

ハロルド皇子か……よくわからないけど、なんだか親近感を覚えた。

俺も、仲良くなれるといいな。

＊＊＊

アレスの入学試験の日の夜、皇都のある一室にて、部下のホルスから報告を受ける。

ここは風の結界により、完全防音となっている。

つまり、何を話しても問題ない。

「皇帝陛下、無事に試験は終わりました」

「そうか、ご苦労だった。それで、お前の目から見てどうだ？」

「そうですなぁ……立ち振る舞いや受け答えなど、十分に素質があるかと存じます。無論、皇族としての素質……皇帝の器です」

ホルスは、皇帝直属の、諜報《ちょうほう》部隊、ウルクスの首領だ。

ゆえに、アレスのことは知っている。

なお、アレスのことを知っているのはホルスと、直属の部下であり弟子であるエリゼだけだ。

この二人以外には、皇帝直属の立場の者にも教えていない。

秘密を知っている者は、できるだけ少ない方がいい。

「そうか、お前から見てもそうなるか」

「はい。何より、人を惹きつける華があります。こればっかりは、生まれつきでしょうな。きっと、亡き奥方様の……」

「ああ、あいつもそうだった。不思議と、皆に好かれる女性だったな」

久々に会って思ったが、ますますセリアに似てきた。

見た目もそうだが、あの柔らかい物腰なんかも。

「これからどうなさるので？」

「どうもしないさ。とりあえず、二人を会わせるという目的は果たした。あとは、流れに任せるとしよう」

無論、俺自身の望みはある。

ただの父親としても皇帝としても、あの二人には仲良くなってほしい。

できれば、切磋琢磨《せっさたくま》できるような友に。

ただ、それは俺たちが口出すことじゃない。

「それが良さそうですな。大人が絡むとろくなことがないですから」

「ははっ！　お前の言う通りだな！　……だが、それでも動く者はいる。すまないが、学校でのことは頼んだ」

「御意《ぎょい》……邪魔をする者は排除いたします。まあ、エリゼがいるので心配ありませんが」

「ああ、そうだな」

「それでは、諸々の手続きがあるので失礼いたします」

ホルスが立ち去るのを確認し、窓から外を眺める。

「……あの子には、のびのびと過ごしてほしい」

もちろん、愛した女性との間にできた子供ということもある。

だが、他にも理由がある。

「俺はアイラとハロルドの関係を、どうして良いかわからなかった」

たった二人の姉弟だが、その血は繋がっていないから。

しかし、アレスたちを見て考えが変わった。

あの家族はアレスを愛している。

「血の繋がりが全てではないことを……改めて教えてくれた」

そもそも、俺とてアイラと血は繋がっていない。

だが、こうして愛し愛されている。

「だから、アイラとハロルドを会わせる決心をした。それにしても……」

アレスとハロルド、二人の息子が会った。

どうなるかわからないが、温かく見守るとしよう。

それが、大人の役目というものだ。

13　教室にて

入学試験から一夜明け、昨日と同じように学校に向かう。

「今日から、アイラも授業？」

「うん、そうよ。と言っても、大してすることがないわ」

「そうなの？」

「すでに習ったことばかりだから。もちろん、サボってはいないけど。二回生、冒険者登録できるし、忙しくなるかも」

「あれ？　そういえば成績はいいの？」

　俺より一個上だから、アイラは俺より早く資格が取れるってことだ。

「わ、私は首席よ！」

「へぇ、それはすごいや。それじゃ、すぐに冒険者になれるね」

「ううん、すぐにはならないわ。その……アレスと一緒に登録がしたいから」

　そう言い、両手を膝に置いて俯いてしまう。

　あちゃー、これは俺が悪いや。

「そっか、ありがとね。じゃあ、ささっと首席を取りますか。成績良くないと、そもそも許可が下りないし」

「簡単に言ってくれちゃって……まあ、アレスなら平気だと思うけど」

「とりあえず、頑張ってみるよ。そしたら、一緒に冒険に行こうね？」

「えへへ……うんっ！」

　さて、アイラのためにも頑張らないと。

その後、学校に着いたので並んで歩き、校舎に向かう。

そして目論見通り、噂は流れているようだった。

「お、おい、昨日の奴……」

「アイラ様の婚約者とか……」

「男爵の息子なのに……」

「いや、氷魔法を使えるし、昨日の試験もすごかったらしい」

「まさか、次期皇……いや、ないよな」

とりあえず、早いところ実績を作った方がいいね。

そうすれば、次第に認めてもらえるだろう。

「ほっときなさいね」

「大丈夫です、気にしてないですから」

「ふふ、さすがはアレス。そういえば、アレスは一階のＳクラスね。私は二階のＳクラスにいるから、いつでも来て良いわ」

「いや、それは行きづらいですよ」

前世でも先輩の教室に行くのは、結構勇気がいることだし。

何より、絡まれたりしたら面倒だ。

「むぅ……仕方ないわ、私から行く」

「いや、それも困ります。家で会えるから我慢してください」

「いやよ」

「えぇ～……はぁ、わかりましたよ」

階段前で別れて、俺はSクラスと書かれた教室に入る。


中の広さは、前世で言うところの中学時代の教室に近い。

黒板やテーブルや椅子があり、どこの世界も変わらないらしい。

そこにはすでに生徒らしき人がいて、何やら話をしている。

「……見ない顔だな」

「あっ、アレス君」

その中には昨日お会いしたハロルド様がいる。

隣には、年の割には目つきが鋭く、ガタイの大きい男の子がいた。

「ハロルド様、おはようございます。これから、よろしくお願いいたします」

「そ、そんなに、畏まらないでください。姉上の婚約者なのですから」

「いえいえ、そういうわけにはまいりません。よろしければ、お隣の方を紹介していただいても？」

「うん、そうだね。僕の幼馴染で、ロンダート侯爵家の次男ガイ・ロンダートだよ」

すると俺を睨みつけるように、前に出てくる。

おおっ、俺の頭が肩くらいにある……かなり背が高いね。

「ガイだ。どうやら、身のほどをわきまえているようだな。アイラ様の婚約者ということで、馴れ馴れしくしてきたらどうするかと思っていたが……」

「だ、ダメだよ、そんな高圧的じゃ。いずれ、僕のお兄さんになるかもしれないんだから」

「し、しかし、そうなると……いえ、申し訳ございません」

ふんふん、態度は大きいけど悪い子って感じはしない。

多分だけど、ハロルド様を大事にしてるってことだね。

「いえいえ、当然のことだと思います。ガイ様、至らない点があると思いますが、よろしくお願いいたします」

「……ああ、よろしく」

「ありがとうございます。では、僕はこれで」

仲良くしたいけど、すぐには難しそうだ。

まあ、時間をかけていくしかないね。

その場を去り、ひとまず自分の名札が付いている席に座る。

「ふんふん、席は四席か……かなり少ないな」

五十人一年生がいて、そのうちの四人……難易度高いや。

すると、ドアが開く音がする。

「え、えっと……あっ！」

俺を見つけた女の子が駆け寄ってくる。

確か、食事をした時に出会った女の子だ。

「ルナだっけ？　おはよう」

「お、おはようございます！　よ、良かった……知ってる人がいて」

「僕も助かったよ。最近、皇都に来たばかりだし。というか、Sクラスなんだね」

以前は貴族しか入れない学校だった。

それも、かなり優秀じゃないといけないとか。

その中で平民で、Sクラスかぁ……きっと、すごい才能があるんだろう。

「は、はぃ……戦いの方はダメダメだったんですけど、魔法の方が良かったみたいです」

「そもそも、どういう経緯か聞いても良い？」

「えっと、ある日わたしを見た人が声をかけてきて……そのままスカウト？　って感じでした」

「なるほど……」

見る人が見たら、何か感じるものがあったのかも。

「あ、他の方にも挨拶しに行った方がいいですか？」

「そうだね、こちらから行った方がいいかも」

「そうですよね……あっ、でも先生が来たみたいです」

「じゃあ、あとの方が……はい？」

教室のドアから入ってきた女性を見て固まる。

それはどこからどう見ても、見知った人だったからだ。

この人……何してんだろ？

普段のメイド服じゃなくてスーツ姿だし、メガネをかけてるから別人の可能性もあるけど。

入ってきた女性は、どこからどう見てもエリゼだった。

「はい皆さん、お揃いですね」

「……先生？」

「はい、アレス君。そう、私が担任の先生です。エリゼと申します、以後よろしくお願いしますね」

そう言い、俺にドヤ顔を見せてくる……うん、間違いなくエリゼだね。

というか、最近少しキャラが崩壊してる気がする。

のびのびというか……うん、考えるのはやめようか。

「はぁ……よろしくお願いします」

「それでは、改めて自己紹介を。このたび、あなた方の担任となったエリゼと申します。おそらく、四年間Sクラスを受け持つので、よろしくお願いします」

四年間、俺がいる間ってことか。

まあ、クラスの入れ替えもあるらしいけど。

「では、皆さんも自己紹介を。教室側の一番前のアレス君から順番にお願いします。名前と得意なことや、好きなことなどを教えてください」

「はい、わかりました。アレス・ミストルと申します。得意なことは水魔法と氷魔法です。好きなことは美味しいものを食べたり、色々な知らないものを知ったりすることです」

その瞬間、全員の視線が俺に集まる。

おそらく、氷魔法という言葉に反応したのだろう。

「はい、ありがとうございます。では、次は後ろの女の子ですね」

「は、はい！　えっと……ルナっていいます。わたしの得意なことは風魔法です。好きなことは、料理を作ることです」

ふんふん、能力的にはエリゼに近い感じかな。

風魔法使いかぁ……一緒に冒険とかしてくれるかな？

「では、アレス君の隣の男の子お願いします」

「はい。俺の名前はガイ・ロンダートです。得意なことは槍と盾です。好きなことは鍛錬です」

ハロルド様のお付きの人って感じだ。

多分、将来的な意味でも。

いかにも前衛って感じで、冒険者になったら頼りになりそう。

さすがに侯爵家だから、無理だと思うけど。

「ありがとうございます。それでは、ガイ君の後ろの男の子、お願いします」

「は、はぃ……ハロルド・オルレアンです。得意なことは、火魔法です。好きなことは……お散歩したり、のんびりしたりすることです」

アイラの弟さんにして、我が国の皇太子でもあるけど……ものすごくおどおどしてる。

俺が心配することじゃないけど、将来は大丈夫かな？

一応、次の皇帝になる方だし……。

「はい、ありがとうございました。この四人がSクラスで、一年間ともに過ごす方たちです。わかっていると思いますが、最低限のマナーは守りましょう。身分差を理由に偉そうにしたり、逆に身分差を無視して暴言を吐いたり……そのあたりは気をつけましょうね」

「は、はいっ！　色々と教えてください！」

「ルナさん、良い返事です。大丈夫です、徐々に慣れましょう」

「……ふん」

注意するのは、ガイ君ってことかな。

明らかに俺とルナを見る目が違うし。

とりあえず、様子見って感じでいこうかな。

「さて、これで自己紹介が終わりましたね。何か質問はありますか？」

「えっと、良いですか？」

「はい、アレス君」

エリゼがメガネをグイッと上げて、ドヤ顔をする。

我慢我慢……ツッコミたいけど、今は敬語にしないと。

「生徒の数が少ないですよね？」

「そうですね、Ｓクラスは特別ですから。そもそも、この学校に入れる人は少ないです。ここに入れること自体が、ものすごいことだと思ってください」

「一年生は何人いますか？」

「今年はＳクラスが四人、Ａクラスが十人、Ｂクラスが十五人、Ｃクラスが二十一人ですね。というより、五十人という人数制限がありますので」

「なるほど……」

そこから試験があって、場合によっては入れ替わるってことか。

本当に、入学生が少ないんだね。

子供の数が少ないってわけじゃないから、やっぱり入るのが難しいんだ。

「皆さんも成績次第ではクラス替えがあるので、気を抜いちゃダメですよ。例えばＡクラスのトップと、Ｓクラスの最下位の人が入れ替わったりするので」

「了解です、ありがとうございました」

「いえいえ。他に質問のある人はいますか？」

すると、ルナが手を挙げる。

「はい、ルナさん」

「えっと、この学校ではどんなことをするんですか？」

「そうですね。最低限の知識は学ぶとして……Ｓクラスの人には、個別の授業があったりします。例えば、それぞれの適性に合った授業とか。私なら全てに対応できますから」

「あ、ありがとうございます」

まあ、エリゼなら問題ないだろう。

魔法も近接戦闘も一流の域に達しているし。

「他にはありますか？」

すると、ガイ君が乱暴に言う。

「俺はこいつらと授業を受けなくてはいけないと？　皇太子であるハロルド様は別として、この二人は平民と男爵の息子なんですが？」

「ええ、そうですよ。さっきも言いましたが、ここでは身分差は関係ありません。私自身も陛下から、ハロルド君に遠慮はいらないと言われてますから」

「……わかりました」

さすがに陛下の名前が出たからか、ガイ君が大人しくなる。

それよりも気になることは……どう見ても、ガイ君が俺を敵視していることだ。

……一体、なぜだろう？


その後は、これからの予定などを知らされ……お昼くらいに、学校が終わる。

「では、今日はこんなところにしましょう。明日から本格的に授業を始めるので、これからよろしくお願いしますね」

「「「はい」」」

全員が返事をしたのを確認し、エリゼが教室から出ていく。

……こりゃ、あとで訳を聞かないと。

「そ、それじゃあ……アレス君、僕たちは帰るから」

「ええ、わかりました。ハロルド様、明日からよろしくお願いします。あと、ガイ君もよろしくね」

「……ああ」

「こら、ガイ！　態度が悪いよ。ご、ごめんね、それじゃあ……」

そう言い、二人が教室から出ていく。

うーん、やっぱり好かれてなさそう。

そんなことを考えていると、ルナが俺の背中に軽く触れる。

「あ、あの……このあとって何か予定ありますか？」

「うん？　多分、特に用事はないかな。何か聞きたいことある？」

「は、はぃ……あと、お父さんがお礼をしたいって。うちまで来てくれませんか？」

「そういうのはいいよ」

「お、お願いします！」

ここまで言われちゃうと、行かないわけにはいかないかな。

まあ、お刺身は食べたいし……甘えることにしますか。

「わかった。じゃあ、ちょうどお昼の時間だし、ご馳走《ちそう》になろうかな」

「は、はい！　ありがとうございます！」

「ただ、一応許可を取らないと……」

その瞬間——扉から殺気を感じる！

ふと見れば、アイラが怖い顔で立っていた。

「ア、アイラ様？」

「アレス、どういうことかしら？　なんか、女の子とお食事するとか聞こえたんだけど……」

「えっと、ただの友達として……そういうのってダメですか？　その、婚約者ですし」

「そ、そんなことないけど。まだ幼いし、婚約も確定事項ってわけじゃないから……」

「そうですよね。あと、これからアイラ様に許可を取りに行くところでした」

「そ、そうなのね……」

しかし、その顔は不満に溢れている。

でも、これは嫉妬とかではない気がした。

多分、除《の》け者にされるのが嫌なのかも。

「よかったら一緒に行きますか？　ルナ、良いかな？」

「わ、私も行って良いの？」

「ひゃ、ひゃい！　うちでよければ！」

ルナはガチガチに緊張している。

まあ、相手が相手だから無理もないか。でも皇女っぽくないんだよね。

「……アイラ様って、本当に皇女様なんですね」

「ちょっと？　……どういう意味？」

「いえいえ、なんでもないですよ。大丈夫だよ、ルナ。アイラ様は怖そうだけど、優しい人だから」

「むぅ、前者は否定できないから悔しいわね」

すると緊張が解けたのか、ルナが少しだけ微笑む。

「……えへへ、仲がいいんですね」

「ま、まあね！」

「それじゃあ、行きましょうか」

二人を連れて、教室から出ていく。

14　休みの計画

その後校門を出て、歩きつつ自己紹介を済ませる。

「ルナっていうのね。平民なのに、この学校に入れるのはすごいわ」

「あ、ありがとうございます！　頑張ってついていきます！」

「ええ、頑張りなさい。あと、公式の場所じゃないからそんなに畏まらなくても良いわ」

「そうそう、もっと肩の力を抜いて良いよ。それこそ、何か質問とか」

「そうね、答えられることなら答えるわ」

俺、アイラに促され、ルナが尋ねてくる。

「えっと……アイラ様は、アレス君のどこがいいんですか？」

その瞬間、アイラの表情が固まった。

「……ふえっ⁉」

「あ、あれ？　婚約者なんですよね……？」

「そ、そ、そうだけど！　まずはアレスから言って！」

「うん？　別に良いですけど……一緒にいて楽しいところかな？　元気で明るいしね」

「そ、そう思ってくれてたんだ……えへへ」

どうやら、喜んでくれたらしい。

……下手なこと言うと、怒られちゃうしね。

「わぁー！　素敵ですね！　えっと、アイラ様は？」

「そ、そうね……アレスは私の目標なの。カッコいいし、なんでもできるの」

「わぁ……」

「も、もう、良いでしょ！　ほら、案内して！」

「は、はい！」

そう言い、恥ずかしそうに先を歩いていくアイラ。

……まあ、俺も恥ずかしいんだけど。

ルナの家だというお店に到着し、奥の席に案内される。

「そういえば、護衛とかは良いんですか？」

「平気よ、アレスがいるから」

「そうだね、僕がいるから」

「え、えっと？　アレス君って、そんなに強いんだ……」

「そういう意味ではなくて……外に護衛がいるから平気って意味かな」

「あっ、そうなんですね」

まず間違いなく、エリゼが近くにいるはずだ。

エリゼなら風の結界を張ってるはずだし。

「もちろん、何かあれば守るけど」

「……あ、ありがと」

「……いいなぁ」

すると、ルナのお父さんがやってくる。以前会った時と違って、ちゃきちゃきの料理人って感じだ。

「はいよっ！　お待ちどうさん！」

「お父さん、ありがと！」

「ありがとうございます」

「か、感謝するわ」

当然ながら、しっかりとお辞儀をする俺。アイラは立場上頭を下げることはできないけど……それでもぺこりとしている。

これくらいが、皇族ができる限界だよね。

「よ、よしてくださいよ。かたや皇女様に、かたやシグルド様の弟さんなんですから。その、うちの娘と仲良くしてやってください」

「ええ、もちろんです。ルナが良ければ、友達になります」

「まあ、別に……私もいいわよ」

「わぁ！　嬉しいです！　えへへ、こっちで初めての友達ができました」

うんうん、アイラは友達がいないって言ってたし。皇女としても、市民との関わりは大事だし。

何か、俺が力になれることがあれば協力したいよね。

その後、お刺身を堪能する。

相変わらず、懐かしい味に感動する。

「うまいっ！」

「んっ、美味しいわ」

「ありがとうございます！　ただお父さんは、自分で目利きできないのが悔しいって言っていて……」

褒められて、ルナは嬉しそうにしつつも少しだけ寂しそうに言う。

「ああ、そうだよね。プロなら、自分で選びたいか。ここから港町に行くには、どれくらいかかるの？」

「わたしが来た時は、馬車で三日くらいかかりました」

「ふむふむ」

馬車で三日かぁ……そりゃ、往復は無理だね。

だからこそ、氷魔法が保存に役に立ったんだろうけど。

「で、でも、アレス様のおかげで店が出せるので！　暑さで腐ってしまうので、みんなも助かってました！」

「良かったよ、僕の魔法が役に立って」

すると急に、アイラが尋ねてくる。

「アレスは、港町に行きたいの？」

「そうですね、行ってみたいです。やっぱり、生の魚の味は違いますから」

凍らせているとはいえ、やはり鮮度に差は出てしまうし。

できれば、その場で捌いて食べたいところだ。

「ふーん、そうなのね。じゃあ、休みに入ったら……私と行かない？」

「それは良いですね」

「決まりねっ！　あなたも行く？」

「い、いいんですか？　その……邪魔じゃないですか？」

「別に良いわよ。それに私もアレスも土地勘ないから、代わりに案内してくれないと」

「うんうん、そうだね」

「わぁ……嬉しいです！　はい！　ぜひ案内させてください！」

「ええ、お願いするわ。あと、平民だけど……魔法の実力があるってことだから頑張りなさいよ。何かあったら、私に言いなさい」

「あ、ありがとうございます！」

「べ、別にお礼はいらないわよ」

へぇ、やっぱり良いところあるなぁ。

アイラのこういうところ、気に入ってるんだよね。

普段は素直じゃない時が多いけど。

食事を終えるタイミングで、ルナのお父さんがやってくる。

「美味しかったわ」

「ご馳走様です」

ルナのお父さんは、娘と俺たちが仲良くしているのを見られて嬉しいらしく、ずっとニコニコしていた。

「またぜひ、いらしてください」

「はい！」

ルナに明日またと別れを言い、俺とアイラは店から出る。

ひとまず、そこから離れたら……。

「アイラ様、相変わらず優しいところありますね」

「な、なんの話？」

「さっきのルナのことです。何かあったら力になるって」

「別に大したことじゃないわ……私も色々と言われてきたから。やれコネを使っただ、女のくせにとか。もちろん、私に聞こえないところでね。ただ、空気感でわかるのよ」

「なるほど……」

「アレスこそ、優しいわ。そんな偏見がないから、私とも仲良くしてくれたし。あの子にも、優しくできるし……私だけに特別じゃないのはちょっとアレだけど。でも、そこがアレスの良いところだから……あぁもう！」

「ん？　どういうことですか？　なんで怒鳴ってるの？」

「な、なんでもないわよ！　……それより、いい加減出てきたら？」

「ああ、それは確かに」

アイラと俺がそう言うと、空の上からエリゼが降ってくる……いつものメイド服で。

「アレス様、アイラ様、奇遇ですね」

「「いや、奇遇ですねじゃないから」」

予想通りすぎて、思わず言葉が被ってしまう。

いや、めちゃくちゃドヤ顔だし。

「あら、仲良しさんですね。これから、どこかにデートですか？」

「な、何を言ってるのよ!?」

「まだ予定は決まってないけど……というか、なんで先生やってたの？」

あの場でツッコミを入れなかった自分を褒めたいくらいだけど、ようやく質問をぶつけられた。

「そ、そうよね。私も学校で見かけてびっくりしたわ」

「では、歩きながら話しましょうか。ちなみにお二人とも、それぞれの立場は気にせず、タメ口でいいですよ。風の結界を張ってますから。私たち三人以外には聞こえなくなります」

「わぁ！　やったぁ！　アレスアレス！」

「はいはい、わかったよ。アイラ、これで良いかい？」

「えへへ、そうじゃなくちゃ！」

アイラは元からタメ口だった気がするけど、こんなに喜ばれると少しむず痒《がゆ》い。

エリゼがそっと打ち明けるように言う。

「私がここへ来た理由ですが……まずは、商人ギルドに呼ばれているので行きましょう」

「ん？　どういうこと？」

「とりあえず、これから商人ギルドに向かいます」

「まあ、近々行く予定だったからいいけど」

「私も問題ないわ」

そんなふうにして、歩きながら本題に入る。

アイラがストレートに聞く。

「それで、結局なんで教師をしてたの？」

「休暇中に暇だったので。あそこなら、アレス様を見ることができますしね」

「いや、休暇じゃなくなってるし。朝から夜まで、めちゃくちゃ働いてるし」

俺がツッコミを入れるように言うと、エリゼは本当の事情を打ち明ける。

「まあ、色々ありまして。簡単に言えば、ゼノスさんの依頼を受けました。ハロルド皇太子のことだとか、初めて入学する平民の女の子のこととか」

「そういうことね、それなら納得だわ。弟は唯一の皇子だし、何かあったら大変だもの」

「確かにそうかも。平民の子も気をつけないとだね……貴族に目をつけられないように」

「ええ、そうですね。だから、アイラ様はナイスです。平民の子とも別け隔《へだ》てなく接していただきまして」

「うんうん、俺もそう思う」

「ま、まあね！」

そんな会話をしつつ、商人ギルドに到着した。

15　人助けの縁

商人ギルドの中は、冒険者ギルドと同じで、市役所のようになっている。

しかし、いる人々はまるで違う。

きっちりした服を着ている人や、戦いに向いてない体形の人が多い。

受付では人々が並んで待っていた。

「お二人とも、ここからは結界を解きます」

「「了解」」

風の結界が解けたので、気をつけないと。

「わぁ〜すごい盛況だね」

「でも、これだと時間がかかりそうね。とりあえず、並ぶわよ」

「……アイラ様は良い子ですね」

思わずそう口にすると、アイラは驚いたような顔をする。

「へっ？　な、何が？」

「いいえ、なんでもないですよ」

皇女様なのに、当然のように「並ぶ」と言ったことに感動してしまった。

その気になれば、自分を優先させることもできるのに。

「よくわからないけど褒めてるの？」

「ええ、もちろんです」

「なら、良いけど……」

「おや、お二人とも……どうやら、並ばずに済みそうですね」

エリゼの視線を追うと、どこかで見た人がこちらに向かって歩いてくる。

片方は五十代くらいの恰幅のいい男性で、片方は二十代前半くらいの細身の男性だ。

「ア、アレス様ですか!?」

「はい？　え、ええ、僕がアレスですけど……」

「このたびは、うちの倅《せがれ》がご迷惑をおかけしました！」

「あの時は助けていただき、ありがとうございました！」

いきなり、二人して頭を下げてくる。

一体、どういうことだろう？

「えっと……」

俺が戸惑っていると、エリゼが割って入る。

「ロバートさん、ロンドさん、少し目立ちますね」

「こ、これは失礼いたしました！　アイラ様もいらっしゃいますし……ひとまず、奥の部屋にご案内いたします」

二人のあとをついていく。

そのまま受付の奥の部屋に通されて、ソファーに座るよう促される。

ちなみに部屋の前の札には、ギルドマスターと書いてあった。

「アレス様、アイラ様。改めまして、商人ギルドマスターのロバートと申します。隣にいるのは、倅のロイドでございます」

「ロイドと申します！」

「初めまして、アレス・ミストルと申します」

「アイラ・オルレアンよ。私のことは気にしないで良いから、好きに話してちょうだい」

「メイドのエリゼです」

「ありがとうございます。それで、ご説明をしますと……この間、レッドベアーに襲われていた者のことを覚えていますでしょうか？」

レッドベアー……兄さんと頑張って倒した魔物だね。

なるほど、道理で見たことがあると思った。

「ロイドさんは、あの時の男性の一人ですね？」

「はい、そうなのです。私のたった一人の息子なので、ぜひともお礼がしたいと思いまして。屋敷を訪ねようと思ったのですが……調べたところ、皇帝陛下の別宅にお住まいとのこと。さすがに行くのは問題なので、お手紙だけをお送りいたしました」

「なるほど。でも、助けたのはシグルド兄さんなので。というより、兄さんがいる時にご連絡をくれたら……」

「実は、手紙自体はとっくに受け取っていただいていたんです、シグルド様に。ですが……お礼するならアレスにしてやってくれと。俺に感謝してくれるなら、その分をアレスにとおっしゃってましてね」

本当に、あの人は……カッコいい兄さんなんだから。

俺には言わなかったのは、きっと照れくさいだろうから。

「ええ、そうなのです。だから、お礼が遅れてしまいました。それで、シグルド様の分もアレス様にお礼できればなと思っております。何せ、命がけで息子を守ってくださったのですから。ぜひ、受け取っていただきたいです」

「私からもお願いいたします！　あなた方がいなければ、あの場で死んでいました！」

「わ、わかりましたから！　頭を上げてください！」

腰が低いのは好感が持てるけど、さすがに居心地が悪い。

相手はギルドマスターだし。

「それでは、受けてくださいますか？」

「はい、ぜひ。それに、僕自身も用事があったので」

「ありがとうございます。とにかく、あなたにはすでに返しきれない恩があるので……こうしてお会いできて嬉しいです――我らが救世主様」

「……はい？」

「氷魔法は、我々商人に衝撃を与えました。それこそ、それまでの商売がひっくり返るほどの……需要はあるのに日持ちしなかった商品、その流通問題の解決による飲食界の活性化。無論、我々も恩恵を受けています。何より、独占せずに提供してくださいました。なんと、素晴らしい方だと思いましたよ」

「い、いえいえ！　ただ、みんなが幸せになれば良いなって思って……あと、あれこれ言われると思ったので、面倒なことになる前に自分から言いました」

偽善でもなんでもなく、俺は小さい人間だ。

もちろん、みんなが幸せになれば良いって言葉に嘘はない。

でも、自分だけが良い思いをしてることに罪悪感があったのだ。

「それでも、我々が助かったのは事実です。おかげさまで商売の幅が広がりました。前置きが長くなりましたな。それで、私たちのお礼ですが……アレス様に望みがあればお聞きしたいと思っております」

「僕の望み……」

元々、商人ギルドには来る予定だった。

ちょっとご都合主義な感は否《いな》めないけど、こんなチャンスはそうそうない。

時間がかかることだから、早いうちから動きたかったし。

俺は頭の中で素早く計算して、これからの計画を説明することにした。

「では、僕のお願いですが……まずは、冷蔵庫を作りたいです」

「冷蔵庫？　申し訳ない、聞いたことない言葉ですね」

「今の氷は、移動中に食材を腐らせないために使ってますよね？」

「ええ、そうですね」

「冷蔵庫とは、氷の箱を置いて、さらに日持ちをさせる入れ物のことです。それがあれば、もっと日持ちします。作り置きの料理なども入れておけるので、家庭でも助かるかと」

以前、ゼノスさんに案だけは出しておいた。

でも、まだ実験はしていない。

それよりも人命優先ということで、クーラーもどきや暑い中作業する人たちに氷を使っているからだ。

何より、まだまだ氷の値段は高い。

俺の魔力が多いとはいえ、国中の人々の分を用意するのは無理だし。

「それは、私も考えました。ですが……」

「はい、量が圧倒的に足りてません。これは、僕の魔力の問題なので申し訳ないです」

「いえいえ、我らは十分に助けられております。商人は旅をすることも多いので、氷の魔石はとてもありがたいです」

「そう言っていただけると嬉しいです。ただ、僕の魔力は発展途上です。おそらく、これからも増えていきます。なので、先に話を通しておこうかと。いざそうなった時に、すぐに動き出せるように」

「それは素晴らしい。そして考え出す力といい、商才もありそうですな。商人は早さと先読みが命ですから」

商才はあるかはわからないが、一つだけ助かってることがある。

俺の商売は、俺以外にはできないことだ。

真似しようと思ってもできないのは強みだよね。

「いえいえ、まだまだ未熟者です」

「お若いのに、謙虚な方ですな。しかし、それだと私たちの利益になってしまいます。冷蔵庫があれば、商売の幅がさらに広がりますから。もっと、他にお願いはございませんか？」

「そうですね……子供が自分の店を持って商売をすることは可能でしょうか？　冒険者は特例があれば、十歳未満でも登録できると聞きましたが」

「……それは難しいですね。アレス様が賢い方というのは話をしていてわかります。ですが、冒険者と違い、商人には様々な人や要素が関わってきますから。そもそも商人許可が下りるのは、成人になってからですので……」

まあ、そうだよなぁ。

冒険者は最悪裸一貫からできるけど、商人はそういうわけにはいかない。店を用意したり仕入れをしたり、売ったり買ったりする人が必要になってくる。

何より、責任が重たいよね。

「そうですよね。では、これはどうでしょうか？　誰か大人の店主を雇って、僕が売りものや仕入れを指示するとか」

「それならば問題はありません。もしくは、商品のみを店に売り込むことなら可能です」

「あっ！　なるほど！」

そうか、何も自分で店を開くことはない。

俺の目的は儲けることじゃなくて、この世界の人たちに恩返しをしたいんだし。

だったら、そっちの方がいいかもしれない。

それだったら、早めに始めることができるかもしれない。

「それならばお力になることができます。私の方で、店を紹介いたします。もちろん――良い商品ということでしたら」

「ふふふ、それならばご安心ください。僕が用意するのは、氷を使った食べ物です」

「氷を食べる……想像がつきませんね。飲み水に入れて、小さくなった氷を噛み砕くことはありますが」

まあ、無理もないよね。氷がない大陸だし、俺の作った氷は食用にはしてないだろう。

飲み物に入れても、すぐに溶けちゃうし。

「実際に食べないとわからないと思います。ただ、まだ魔法でできるのか実験してるところなので。試作品を用意したら、見てもらって良いですか？」

「ええ、ぜひともお願いいたします」

よしよし、これで実現に一歩近づいたぞ。

あとは、俺の魔法の腕と魔力量を鍛えていくだけだ。

あぁーもう！　自分がもう一人いたら良いのに！

16　あっという間に

……早いなぁ、もうすぐ長期休暇の時期か。

早いもので、俺が入学してから三ヶ月が経過した。

自分の部屋でのんびりして、物思いにふける。

「というか、正直言って退屈だったなぁ」

「アレス様、お疲れ様です。ふふ、よく頑張っていますね？」

「エリゼ、最初に言ってよ。ほんと、拍子抜けしちゃったんだから」

「いえいえ、私は言いましたよ？　アレス様がやっていることは、本来なら上の学校で習うようなものだと」

「そりゃ、そうだけどさ」

別に学業を疎《おろそ》かにしていたわけじゃないし、舐めていたわけでもない。

ただ、授業の内容がすでに知っていたことばかりだった。

それこそ、エリゼが教えてくれたことだ。

魔力の扱い方、近接戦闘の鍛錬、礼儀やマナーについて。

まあ、一年次だから仕方ないとは思うけど。

「アレス様には退屈でしょうね。私が教えたことを、もう一回聞いてるわけですから」

「いや、復習だと思って聞いてたよ。それに、人に教えるのは良い鍛錬になったかな」

「それはいいことです。やはり、人に教えることで理解が深まりますから」

まだ魔法をほとんど使えないルナや、まだまだ未熟なハロルド様には、俺が一から魔法を指導した。毎日の瞑想や、魔法を撃つ時のイメージ、無詠唱のやり方など。

おかげで、俺の魔力精度も上がってきたことは確かだ。

「そうなんだけどね……でも、肩透かし感はあるかな。やっぱり、二年次にならないと新しいことはないかな？」

「ええ。二年次になれば、冒険者登録もできる可能性がありますから」

「じゃあ、それまでは我慢するかなぁ」

「ふふ、アレス様にも年相応な部分があったんですね？」

「ん？　どういうこと？　僕、割と子供だと思うけど……」

「いえいえ、小さい頃からわがままや不満などを言わない子でしたので」

まあ、確かに。

昔は、役に立たないといけないとか、自分なんかが幸せで良いんだろうかとか考えてた。

もちろん、今はそんなこと思ってない。

「もしかしたら、領地を出たからかも。領地が嫌ってわけじゃなくて……うーん、上手く言葉で説明できないんだけど」

「わかってますよ。環境が変われば、色々なことが変わります。あちらでは、家族のために頑張らなきゃと気を張っていましたし。離れたことで、意識が変わったのでしょう」

確かに最近、領地のことを考えることも減っている。

それよりも、こっちで何がしたいとか、そんなことばかりを考えている。

早くダンジョンに行きたいとか、港町を旅行したいとか。商売をしたいとか、美味しいものを食べたいとか。

「……薄情かな？」

「いえ、そんなことはありませんよ。むしろ、旦那様と奥様は喜びます。もちろん、シグルド様とヒルダ様も。皆、アレス様が自分の好きな道を行くことを望んでいますから」

「前にも言われたね。じゃあ、それに甘えて好きなことをしようかな。その結果、領地の力になれれば良いかも」

「ええ、それくらいの気持ちで良いかと。それで、休みはどうするので？」

「まずは予定通り、港町に行きたいね。新鮮な魚介類とか、何より海を見てみたいかな」

ルナも俺とアイラに慣れてきたから、気を遣わずに旅ができると思う。おどおどする回数も減ってきたし、何より自信がついてきた。

魔法の腕もメキメキ上がってるし、本当に将来が楽しみだ。

「では、私が護衛で参りましょう。あとは、何かありますか？」

「……ガイ君との関係をどうにかしたいなぁ」

嫌われているわけではないと思うが、俺とルナが、ガイ君と話をすることはほとんどない。

というか、警戒されてる？　が正解かも。

「難しいですね。悪い子ではないですが、将来的に皇太子の右腕になる子ですから」

「まあ、仕方ないかぁ。こっちは男爵子息と平民だし。とりあえず、徐々に仲良くなるしかないね」

できれば、仲良くしたいところだ。

何か、きっかけでもあれば良いけど……。

＊＊＊

それから数日後、学校は長期の休みに入り、いよいよ旅行に出かける日になる。

俺が準備を済ませて、屋敷の玄関前に行くと……。

「やあ、アレス君」

「ゼノスさん、おはようございます。今日は、こっちにいたんですね？」

皇帝であるゼノスさんは、二つの拠点を持っている。

一つが皇城にある自分の部屋、そしてもう一つがこの別宅だ。

一緒の敷地に住んでみてわかったが、ほとんどこっちでは過ごしていない。

それでも朝ご飯と夕飯だけは、アイラと食べるために帰ってくるらしい。

ちなみに俺とは、朝ご飯のあとに話すことがたまにある。

「ああ、今日は久々の休みでな。ところで、学校はどうかな？」

「うーん、今のところ退屈ですね」

「ははっ！　正直だな！」

「早く、大人になりたいです」

「まあ、そう言うな。きっと、今しか感じられないことがあるはずだ。大人になれば、色々と面倒なこともある」

確かに前世を思い出せば、面倒なことばかりだった。

人間関係や社会での立ち位置など。

今もあるけど、まだまだ子供だから許されてるところはある。

「そうですね。では、ひとまず旅行を楽しもうと思います」

「うむ、それが良い。アイラのことを頼む」

「ええ、お任せください。一応、仮の婚約者ですから」

「……妙に責任感があるな。こういうところは、俺に似たのか？」

「はい？　何か言いましたか？」

「いや、なんでもない……おっと、準備ができたようだな」

すると、ドタドタと足音がし……玄関からアイラが飛び出してきた。

俺はいつものように、彼女を受け止める。

「おっと！」

「アレス！　旅行よ旅行！」

「はいはい、そうだね。せっかくの綺麗な格好なんだから、そんなに動いたら汚れちゃうよ」

いつもの制服姿や、男の子っぽい格好ではなく、白いワンピースを着ている。

十歳になって、少しずつ大人になってきた気がする。

「え、えっと……似合うかしら？」

「うん、もちろん。黒髪だし、手足が長いから似合ってるね」

「えへへ、そう言ってくれるのはアレスくらいだわ」

「うーん、他の人たち、目が腐っているのでは？」

黒髪ロングに白のワンピースとか、完璧な組み合わせじゃないか。

アイラは見た目は清楚系美少女だし……中身はともかく。

もちろん、そんなことは口に出さないけどね！

「あははっ！　それ良いわね！」

「うむ、アレス君はわかってるな。さて……アイラ、アレス君に迷惑をかけないようにな？」

「むぅ……お父様、どういう意味？」

「いや、そのままの意味だが？　これまでの日々を思い出してみろ」

その言葉に、俺の脳裏に浮かぶ……この三ヶ月の日々が。

教室に突撃してきたり、放課後に連れ回される俺。

寝ているところに突撃してくるアイラ、それを放置するエリゼ。

とにかく、色々と大変ではあった。

「はは……いえ、僕は気にしてませんから」

「はぁ、苦労をかける」

「何よ、二人して似たような顔して！」

「そう？」

「似てたわよ。というか、似てきたわよね」

よくわからないが、アイラが言うならそうなんだろう。

確かに、会った頃からゼノスさんには親近感を覚えてはいるけど。

「まあ、一応……将来の息子になるかもしれないからな」

「そ、そ、そうよね！」

「あとは、同じ苦労を分かち合う者同士といったところか」

「それは間違いないですね」

「も、もう！」

俺とゼノスさんが、顔を見合わせて笑っていると……屋敷の外からエリゼが歩いてくる。

その後ろには馬車があり、すぐにでも出発ができそうだ。

「お二人とも、そろそろ行きましょう。ルナさんも、迎えを待っているでしょうし」

「うん、そうだね」

「わかったわ。お父様、行ってきます！」

「ああ、気をつけて行きなさい……まあ、エリゼとアレス君がいれば心配ないか」

「ええ、任せてください」

「違うわよ！　私がお姉さんだもん！」

「はいはい、そうだね。ほら、行くよ」

「わわっ⁉」

アイラの手を引いて、馬車へと向かう。

実は、俺の方もテンションが上がっているのは内緒である。


その後、ルナを拾って皇都の外に出ていく。

すると、外の景色にアイラが反応する。

「わぁ……！　楽しみだわ！」

「そうだね、僕も楽しみ」

何せ、俺もアイラも皇都とうちの領地しか知らない。

アイラは皇女様だから、なかなか皇都から出ることはできないし。

「では、わたしが案内をしますね！」

「ええ、よろしく頼むわ」

「うん、お願い」

ルナは、この三ヶ月で硬さが段々取れてきた。ビクビクすることもなくなってきたし、良い傾向だ。

このまま、冒険者パーティーに誘うってのも良いかも。

エリゼが口を開く。

「ついでなので、少し勉強をしましょうか」

「えぇー！　めんどくさいわ！」

「アイラ様？　国については、あなたが一番知っていなくてはいけないのでは？」

「うっ……わ、わかったわよ」

「まあ、旅は長いしいいかな。俺も、国のことはよくわからないし」

「わ、わたしもです！」

全員が賛成？　したので、エリゼの勉強会の開始である。

国の要所や、他国のことなどについて教えてもらう。

「まずは、これから行く場所はどこですか？」

「水の都アクアリウムですね。我が国に恵みを与える大事な場所です」

「えっと、海産物が豊富で、塩もあるから大事よね」

「あと、他の大陸から船も来るので交易の場でもあります！」

俺、アイラ、ルナの順で答えた。

「みんな正解です。皇都のほかに、我が国に都市と呼べるのは二箇所で、そのうちの一つですね。では、もう一つは何でしょう？」

「岸壁の都市デザーですね。大陸南方に位置する、砂漠の国サバラン王国と隣接しています」

「アレス様、正解です。他国からの守りの要《かなめ》でもある都市ですね」

エリゼの言う通り、我が国は二つの大きな都市がある。

うちの領地も山と森を挟んで他国と隣接しているが、そういう都市はない。

越えられるような山や森ではないし、越える旨みもないだろうし。

何より、その都市になるには特徴がある。

「では、そこを治める条件はなんでしょう？」

「知ってるわ！　侯爵家以上の血統の者で、なおかつ皇族の血を引いていることよ！」

「ほとんど正解ですね。血で優劣が決まるとは思っていませんが、国の要所なので必要ではあります。もちろん、リスクもありますが……まあ、キリがないので」

「ちなみに、どれくらいの血を引いてるの？」

俺がそう問うと、エリゼが答える。

「そうですね。一応、何世代かごとに皇女様が輿入《こしい》れする形ですね」

皇子とか皇弟に継がせるわけじゃないってことか。

継承権のある男子が都市を治め、中央に対して反乱を起こす恐れもあるからか。

女の子なら、継承権がないので国のために働いてくれるかも。

「……あれ？　ということは、アイラ様は？」

「ルナ、私は輿入れはしないわよ。今は国内のパワーバランスが微妙だから。だっ、だって……アレスがいるもの」

「まあ、それもあって僕を婚約者にしたんだろうね」

「まあ、正解と言っていいでしょう」

「ふえ～難しい話です……」

おっと、そういう話はルナにつまらないかも。

それに、今のところは知っておく必要性もないだろうし。

「そういえば、さっき言っていたけど、アクアリウムには船が来るんだ？」

「は、はい！　年に数回あるかないかって数らしいです」

「どんなものが来て、どんなものが持ち帰られるの？」

「主に魔石や工芸品が取引されるって聞きました。あとは、たまに他の大陸から生き物や人を運んだりもするらしいです。珍しい髪の色の人とか……あっ」

そこで、ルナの視線がアイラに向かう。

自分が何を言ったかに気づいたのだろう。

「平気よ、ルナ。私は黒髪だけど、この髪を今では気に入ってるから」

「す、すみません！」

「だから良いって言ってるじゃない。船かぁ……私、見たことないのよね」

「うんうん、アイラには似合ってるから平気だよ。そうだね、僕も見たことないや」

「……わたし、船持ってる人知ってるので案内します！」

よしよし、落ち込ませずに済んだ。

せっかくだし、楽しい旅にしたいもんね。

それからの旅は快適そのものだった。

まあ、それも当然といえば当然の話ではある。

俺たちが進んでいるのは、皇都から重要拠点に続く道だ。

そんなところで、魔物がウロウロしていたのでは、商人たちが来られなくなってしまう。

17　アクアリウム

ところどころにある村に泊まりつつ、旅を続けて……ようやく見えてきた。

「アレス！　見えたわ！　あれが水の都アクアリウムよ！」

「おおっ！　確かに大きな城壁が見えるね！」

馬車の窓から覗くと、皇都にも負けない立派な城壁が目に入る。

さすがは、二大都市の一つって感じだ。

ルナが感嘆の声を上げる。

「わぁ～久しぶりに見たなぁ。もう、あれから半年も経つんですね」

「そういえば、皇都には慣れてきた？」

「はい！　お二人のおかげで色々なところに行けましたから！」

「そういえば、結構案内してあげたわね」

「えへへ、嬉しかったです！」

ルナは引っ込み思案な性格だ。

だから、俺とアイラが誘って外に連れ出していた。

そうすれば、平民だからといじめられることもないだろうと思って。

もちろん、生意気だと逆にいじめられることも想定していたけど……アイラが怖いらしく、それもないから一安心である。


馬車は進み、門の前に到着する。

すると当然ながら、こうなりますよねー。

「こ、皇族専用の馬車だ！」

「通達が来ていたアイラ様だ！」

「すぐに領主様にお知らせしろ！」

馬車の外では、兵士たちが慌ただしく動いている。

「……改めて、アイラって皇女様なんだね」

「す、すごいです……」

「ルナはともかく……アレスは何回目よ。そりゃ、それっぽくないけど」

「うーん、俺にとってはアイラはアイラだしね」

「……それなら良いわ」

「さて、ここは気をつけないとダメですよ？　それこそ、不敬罪になりますから。都市に入ったら、私が結界を張るので大丈夫ですけど」

エリゼの言葉に、俺たちは静かに頷く。

それと同時に、気持ちを切り替える。

「アイラ様！　お待たせしました！　確認が取れましたので、そのままお入りください！」

「わかったわ。みんな、ご苦労様」

「い、いえ！　どうかごゆっくりお過ごしください！」

門を通り過ぎると、街並みが見えてくる。

二大都市だけあって、多くの建物と人で溢れている。

それは皇都にも引けを取らないくらいだけど……大きく違う点がある。

「おおっ！　空気感が違いますね！」

「ほんとだわ！　何かしら？　この独特の雰囲気というか、匂いというか……」

「それは海の香りです！　わぁ～久々だぁ」

「確かに、めちゃくちゃ久々だ」

「うん？　どういうこと？　アレス、来たことあるの？」

しまったァァ！　ついテンションが上がってしまって口が滑った！

ただ、我ながら無理もない……この磯《いそ》の香りというのは、なんとも言えない感動がある。

「い、いや、気のせいでした。それより、まずはどこに行けば良いですかね？」

「とりあえず、馬車を預けて……おや、誰か来ましたね」

「あっ！　領主様です！」

小太りなおじさんが、こちらへと向かってくる。

「お初にお目にかかります。皇帝陛下よりこの地を預かるモルス・フィレオでございます」

「出迎えに感謝するわ。ただ今回は休暇だから、そこまで気を遣う必要はないわよ。あなたの仕事の邪魔をするつもりはないし、お父様にも言われてるから」

「もちろん、承知しております。ですが、最初に挨拶だけはしたいと思って参りました」

「わざわざありがとう。じゃあ、楽しませてもらうわ。道案内も地元の子がいるから平気よ。頼りになる護衛もいるし」

「はっ、皇帝陛下よりお手紙をいただいております。では、どうかごゆるりとお過ごしくださいませ。馬車はこちらで預かっておきます。アイラ様たちは、どうぞ先にお進みください」

「ええ、お願い」

皇族の血を引く侯爵さんが、アイラに対して畏まっている。

いや、当然のことなんだけど……皇都でアイラは、こういうのを見せなかったから、驚いてしまった。

やっぱり、皇女様なんだよなぁ。

＊＊＊

都市の中には様々な店があるが、俺たちが向かう場所は決まっている。

もちろん——港である！

「おぉ～！　海ダアアアアァ！」

「す、すごいわ！　これが全部水なの⁉」

「そうですよ！　この大陸よりも、海はもっと広いって聞きました！」

「ふふふ、いつか行ってみたいね」

俺、アイラ、ルナは揃って港の海沿いを駆け回った。

ちなみに、アイラの感動と、俺の感動は少し違うかもしれない。

彼女は初めて見る景色に感動して、前世で横須賀《よこすか》に住んでいた俺は懐かしさに感動している。

だが、それはどうでも良いことだ。

この景色の前には、誰もが感動するということだから。

「そういえば、こっちは涼しい気がするわ」

「えっと……確かにそうですね。でも、どうしてでしょう？」

「住んでいてもわからないの？」

「ご、ごめんなさい！」

「べ、別に怒ってないから！」

やれやれ、まだまだ助け舟が必要かな？

アイラは言葉遣いがきついし、ルナは気弱だからね。

「まあ、海に近いしね。だから、涼しい風が来るんだと思うよ」

「どういうこと？　どうして、海が近いと涼しいのよ？」

この説明はしても問題ないよね？

科学的根拠ではなく、あくまでも経験談として語れば良い。

「あぁ～アイラ、氷や水は冷たいかな？」

「そんなの当たり前じゃない」

「それが答えかな。海から来る風は、海によって冷やされているんだよ。例えば、俺が作った氷に、風の魔法を当てたら……」

「あっ！　冷たい風が来るわ！」

「正解。つまりは、そういうことだと思う」

「なるほど……さすがはアレスね！」

うーん、領地で金色鳥を育てるために冷たい風は用意したけど。

そろそろ、扇風機とか本作的な機械が欲しいところだ。

いつでも頼って良いって言ってたし、ドワーフさんのところに行ってみよっと。

「さて、このあとはどうする？」

「お腹が空いてきたわね。というか、ずっと空いてたけど」

「確かに。でもまずは、海を見たかったし」

「えへへ、わたしもです。じゃあ、港近くにある美味しい店を紹介しますね！」

「おっ、地元の人なら安心だね」

「じゃあ、私のことは普通の貴族ってことにしてちょうだい。いちいち、畏まられると面倒だから」

「わかりました！」


その後、お腹を空かした俺たちは近くにある店に案内される。

すると、筋骨隆々の大男が俺たちを迎えてくれた。

「へい！　らっしゃい！」

「ダズおじさん！」

「おっ！　ルナちゃんじゃねえか！　いつ帰ってきたんだ!?」

「さっきだよ！　あのね、友達を連れてきたの！　貴族の人だけど、とっても良い人なの！」

ルナに催促されたので、二人で前に出る。

「初めまして、アレスと申します。家名は名乗らないでおきます」

「初めまして、アイラと申します。こちらも同じく」

「……畏まりました、それでは席にご案内します」

そのまま、奥のテーブル席に案内されて俺とアイラが並んで座る。

「えへへ、エリゼ先生と隣ですね」

「ええ、そうですね。ただ、今はメイドなので、エリゼさんと呼んでくださいね」

「ダメですか？　わたし、エリゼ先生って呼びたいです」

ルナはエリゼに懐いている。

その理由として、エリゼとルナの魔法属性は一緒だ。

だから、授業ではエリゼがルナに付きっきりで教えている。

それもあって懐いてるってわけだ。

「いえ、ダメではないですが……」

「じゃあ、エリゼ先生です！　それに、旅の途中では全然お話ししてくれませんし……」

「すみません、私は普段はアレス様のメイドなので」

「わ、わかってます……むぅ」

「困りましたね……では、この旅行中はお話ししましょう」

「わぁーい！　ありがとうございます！」

すると、アイラが耳打ちをしてくる。

「ねえねえ、前々から思ってたんだけど……あの二人って似てない？」

「……確かに、言われてみれば」

並んでいる二人を見ると、まるで姉妹のように見える。

髪の色こそ違うが、二人とも顔が恐ろしく整っているし。

属性も一緒だし、そのうちエリゼみたいになるのかも。

ご飯ができるのを待っている間、色々な話をする。

もちろん、内容はルナのことだ。

「ルナは、ここで生まれたのかしら？」

「えっと、多分……」

「多分ってどういうことよ？」

「わたし、物心ついた時にはここにいたんですけど……みんなに聞くと、わたしが赤ん坊の時に、わたしを抱いたお父さんがこの都市に来たそうです」

……あっ、そうだった。

ルナには、お母さんがいないって話だった。

そして、アイラにも。

「……ごめんなさい、好奇心で聞くことじゃないわね」

「い、いえ！　大丈夫です！　お父さんがいたし、周りの人たちも優しくしてくれたので！」

「そう、それなら良いけど……私も、お母さんはいないから」

「あっ……そうですよね」

うーん、暗い感じになってしまった。

かといって、両親がいる俺が何か言える立場じゃない。

「そういえばさ、お父さんは魔法を使えないよね？」

「えっ？　は、はい、お父さんは普通の人です」

「じゃあ、お母さんが魔法を使えたってこと？」

魔法は大体が遺伝するものだ。

俺が、母上から水魔法を受け継いでいるように。

「はい、お父さんが言ってました、お母さんは風の魔法使いだったたって。だけど、早くに死んでしまったそうです」

「そっか……じゃあ、その才能はお母さんの形見《かたみ》ってことだね」

「形見……えへへ、そういう考え方もありますね！」

「そうね。私の黒髪も、お母様の形見みたいなものだから」

「じゃあ、大事にしないとね」

すると、二人が笑顔で頷き、何やら二人でこそこそと話している。

うんうん、仲が良くなってきて何よりだね。

「エリゼ、これからもルナに色々と教えてあげてね」

「……」

「エリゼ？　どうかしたの？」

「……へっ？」

エリゼにしては珍しく、ぼけっとしていたようだ。

というか、本当に珍しい。

「大丈夫？　結界の張りすぎで疲れたかな？」

「い、いえ、平気ですよ。これくらいなら余裕ですから」

「じゃあ、どうしたの？　何か気になることでもあった？」

「そうですね……親について考えてました。私には親というものがいませんから」

「……そうだったんだ」

そういう話は、全然知らなかった。

エリゼは、秘密が色々と多いし。

「気にしないでください。旦那様や奥様、ヒルダお嬢様にシグルド様……何より、アレス様がいますから」

「もちろん、エリゼは家族だから」

「ふふ、ありがとうございます。おや……どうやら、来たようですね」

店員さんが持ってくるトレイに、俺の視線が釘付けになる。

なぜなら、俺がよく知っているものだったからだ。

「お待たせしました、こちらが名物の寿司《すし》というものです」

「わぁーい！　久しぶりです！」

「これは何かしら？　白い米なんて初めて見たわ」

「……うん」

「説明はいりますか？」

店員さんがそう言うと、エリゼが手を挙げる。

「いえ、私が知っているので大丈夫です。お忙しいでしょうから、どうぞお戻りください」

「お気遣い、ありがとうございます。では、ごゆっくりどうぞ」

エリゼが改まったように説明する。

「さて……これは西方に伝わる米ですね。こっちでは、滅多に出回ることはないです」

「西方かぁ……」

この国は基本的にパン文化だし、米を食べるにしても細くて黄色いタイ米のようなものだ。

しかし……これは、前世の俺が知ってる米だ。

しかも、お寿司ときたか。

あまりの感動に言葉が出てこないが……下手に疑われなくて良かったかも。

「そうなのね。西方っていうと、ライール王国のこと？　山を越えた先にある国よね？」

「はい、そうですね。そこから船が出て、海沿いにこの港まで来るのです」

「でも、魔物はどうするのかしら？　船なんか、壊されちゃうんじゃ」

「なので魔法使いの護衛が必須です。ソナーの役目がある風魔法使い、魔物を一瞬で仕留める火魔法使いがいりますね。あとは、土魔法と水魔法使いもいると助かります」

「それはコストがかかるわね」

「そうですね。なので、新しい方法を考える必要が……」

今、とても大事な話をしているのはわかってる。

しかし、それどころではない。

一刻も早く、これを食べなくては――考えるのはそれからだ！

「と、とりあえず食べよ！」

「わたしもお腹空きました」

「それもそうね」

「では、お勉強はあとにしていただきましょう」

その言葉を聞いた瞬間に、俺の手は寿司へと伸び……すぐさま口に含む！

魚の身は甘く柔らかく、口の中でとろけていく！

「っ～!!　くぅー美味い！」

「んー!?　米が酸っぱいわ！　……でも、美味しい？」

「アイラ様、そういうものですよ。食べ慣れると癖になりますからね」

「えへへ、懐かしいです！」

これだよこれ！　やっぱりお酢だ！　お寿司といえばこれだよ！

というか、お酢があったとは。

「ところで、この赤身魚は？」

「マグロックですね。海の魚雷《ぎょらい》と言われている魔物ですが、その身は赤くて脂が乗っています。ただし、船体に穴を開けるほどの凶暴さで捕まえるのは至難の業《わざ》と言われています」

「なるほど……」

というか味といい、どっからどう見てもマグロである。

これは、ぜひとも皇都でも食べられるようにしないと！

夢中で食べ進めて、頼んだメニューを平らげる。

マグロみたいなもの以外にも、サバやアジみたいなものも出てきた。

久々に故郷の味に触れた俺の腹は、大満足である。

「ふぅ、美味しかった～！」

「ええ、慣れると美味しいわね」

「えへへ、良かったです」

いやぁ～、まさか異世界に来て寿司が食べられるとは思ってなかった。

大体、こういうのは転生した本人が作らないといけないし。

初めからあるのは、ものすごく助かるね。

「これを皇都でも食べられるようにしたいね。これっていつからあるの？」

「本当に最近って感じです。わたしが住んでいた頃でしたので。その頃に、酸っぱいタレみたいのが船でやってきたんです」

「じゃあ、まだまだ新しいってわけか」

「そうね。少なくとも、私は知らないもの」

「私ですら知らないので、まだまだ目新しい情報ですね」

よしよし、俺の氷魔法があれば新鮮な魚は手に入る。

あとは、隣国から米とお酢を手に入れれば……。


「……ん？　何か騒がしいですね」

「えっ？　……ほんとだ」

エリゼに遅れること数秒、俺の耳にも声が入ってくる。

どうやら、外から聞こえてくるようだ。

「何かしら？」

「な、何かあったのかな？」

「少々お待ちください、結界の範囲を広げてみますので……なるほど、状況は把握しました。どうやら、船が魔物に襲われているようです」

「えっ!?　……それって普通のことなの？」

三人の視線が、ルナに集まる。

ここのことを一番知っているのは彼女だし。

「はい、割と頻繁にあることです。だから、船を出すのは命がけとも言われていますし」

「なるほど、大変な商売なんだ」

「そうね……それよりどうするの？　ちなみに、私は見に行くわ。何か問題があるなら対処しないと。私だって、この国の皇族だもの」

「エリゼ、どうかな？」

俺たちは所詮子供だ。

動くには、責任者でもあり保護者でもあるエリゼの許可が必要だ。

「……行きましょう。何やら、騒ぎが大きくなってきたみたいですから」

「じゃあ行くわよ！」

「アイラ！　待ってってって！　会計が済んでないから！」

「わわっ⁉　わたしも行きますよ～！　おじさん！　会計はあとでも良い⁉」

「おうよ！　気をつけろよ！」

「すみません！　あとで必ず払いに来ます！」

許可を得た俺たちは、急いで店から出ていく。

＊　＊　＊

そして、店の外では人々が大騒ぎをしていた。

「シ、シーサーペントだぁ！」

「どうやら見たことない船が襲われているぞ⁉」

「どこから来た⁉　ライール王国からか⁉」

……あれがシーサーペント。

この地点からでも、その大きさはわかる。

まるで怪獣映画に出てくるような大きさだし。

青い皮膚に、一本の太い胴体……ドラゴンではなく蛇《へび》って感じだね。

「くっ！　私たちにできることはなさそうね！」

「あ、あんなに遠くまですぐには行けません。それに、途中で一緒に襲われちゃいます」

「さて、アレス様……いかがなさいますか？」

エリゼの質問の意味……多分、そういうことだよね。

あいつに接近するだけなら、俺の魔法があれば可能だし。

「うーん……エリゼなら、近づきさえすればアレが倒せる？」

「ええ、おそらく可能です。シーサーペントのランクはＢ級ですから。さすがに、上位種であるリヴァイアサンだと厳しいですが」

リヴァイアサン……いや、想像はつくけど。

どう考えてもアレだよね。

「俺を守りながらでも？」

「もちろんです」

「なら、行こうか。二人は、ここで待っててね」

「アイラ様は、領主様にお知らせください」

「むぅ……仕方ないわね。わかったわ、どうせ来るだろうから待ってるわ」

「き、気をつけてください！」


二人を置いて、俺とエリゼは海の方に近づいていく。

もちろん、船を助けたいという気持ちはあるが……俺とて打算はある。

もしかしたら、あの船の中に米やお酢があるかもしれない。

助けたりしたら……くれたりしないかな？

海の方へと近づいていくと、そこからわずかに船の状態が見えてくる。

火の玉などが、シーサーペントに向けて放たれているみたいだ。

「魔法で応戦しているけど、苦戦しているみたいだね」

「多分、すでに魔力を使いきった者が多いのかと。もしくは、そもそも戦力が足りていなかったかですね」

「あの船は、隣国の船だよね？　どうして、あんなに遠くにいるの？　あの辺りには魔物がいることは知ってるはずだよね」

もっと陸地沿いに船を動かせば良かったのに。

そんなことを考えつつも、頭の中で作戦を練る。

自分の魔力量を計算して、この距離を保たせられるか。

「まずは、陸地に近いと座礁《ざしょう》の恐れがあります。あと、波の変化があったのか……そもそも、あの海域にシーサーペントがいるのが変ですね」

「なるほど、船には座礁っていうのがあるんだね。あの辺りにいるのは変なんだ？」

「ええ、そうです……さて、どうしますか？　私はアレス様の指示に従いましょう」

「うーん……」

多分、平気そう。

最悪、魔力が切れても船が無事なら乗せてもらえばいいし。

「よし、決まった。僕が氷の道を作るから、エリゼは僕を抱えて滑ってほしい」

「畏まりました」

「へっ？　それだけ？　説明とか……」

「問題ありません。アレス様が為すと言うなら、それを実現させることが務めです。何かあれば、すぐにご指示をください」

「そう……よし、じゃあ行こうか！　エリゼが付いてるなら怖い物はないしね！」

「ふふ、お任せあれ。では、失礼します」

すると、エリゼの両腕に抱っこされる。

むむっ、これは豊満なお胸さんが当たりますね。

まあ、まだまだ子供だから何も反応しないけど。

「重くない？」

「まだまだ軽いですよ。あと数年は抱っこさせてくださいね」

「いや、それは恥ずかしいんだけど？」

「ダメですか？」

「い、いや、いいけど……じゃあ、氷を張るよ——アイスロード」

意識を集中し、海に一本の氷の道を作り出す。

厚く、人が渡っても壊れないように魔力を込めて。

「では、しっかり掴まっててください」

「うん、お願い！　僕は魔力を出すことに集中するから！」

そして、エリゼが軽快に氷の道を走っていく！

それこそ、スケート選手のように。

不謹慎かもしれないけど、めちゃくちゃ楽しい！

「うぉぉー！　俺の氷に慣れているエリゼだからできる芸当だね！」

「ええ、そうですね。氷の性質はわかっていますから。滑るようにすればかなりのスピードが出ますね。ところで、魔力は平気ですか？」

「うん！　このまま進んで！」

「了解です」

そのままスィーッと海の上を渡っていくと、全貌が見えてくる。

シーサーペントの大きさは、二階建ての家くらいの大きさだ。

近くで見ると船体には傷がついている。

このままだと、沈んでしまうかもしれない。

「ギシャァァァァ!!」

「く、来るなぁぁぁ!!」

「誰が助けてください！」

「くそ！　もう魔力がない！」

「諦めるな！　全員武器を取れ！」

次第に声が聞こえてくる。

どうやら、時間がないらしい。

「エリゼ！　牽制するよ！」

「畏まりました」

「アイスランス！」

「ウインドスラッシュ！」

「ギャァァァ!?」

二つの魔法が当たり、シーサーペントが船から距離を取る。

これで、隙ができたね。

「エリゼ！　甲板に上がれる!?」

「ええ、もちろんです——風よ！　我が身を押し上げろ！」

下から風が吹き、勢いよくエリゼが飛び上がる！

すると、そのまま甲板の高さまで上がり着地する。

そこには少数の大人がいた。

やっぱり、元々の数が少ないようだ。

「だ、誰だ!?　こ、子供とメイド!?」

「それはあとで！　今は目の前の敵を！　僕たちが魔物を倒すので、船の操縦に専念してください！」

「し、しかし！　子供とメイドに任せるわけには！」

「アレス様、言っても仕方ないかと。見た目がアレですし。そろそろ再び来ますので準備しましょう」

「……それもそうだね。とりあえず、倒しちゃえばいいか。ところで、アレはブレスとか吐くの？」

「いえ、吐けませんね」

「なるほど。じゃあ、遠距離攻撃はないと」

「ただし、我々も近づかないと仕留められる魔法は放てません」

すると、シーサーペントが勢いよく突っ込んでくる！

「アレス様！　体当たりをさせてはいけません！　直前で魔法をくらわせます！」

「僕は何をしたら良い⁉　いや、何かできることはある⁉」

「私が魔法を撃ったあとに、氷の槍をお願いします！」

「わかった！　タイミングは任せるよ！」

二人で正面を向いて、その時を待つ。

どんどんスピードを上げて、シーサーペントが迫ってくる。

お、大きい……まだかな？　いや、我慢だ。

「いきます！」

「わかった！」

「眼前の敵を切り刻め——サイクロン《竜巻》！」

目の前に風の渦《うず》が発生して、シーサーペントを切り刻んでいく！

その瞬間に、エリゼの狙いはわかった。

「ギシャアアア⁉」

「今です！」

「アイスランス！」

俺の放った氷の槍が風の渦に呑み込まれ……砕け散る！

その砕け散った氷が刃となり、シーサーペントをさらに切り裂いていく。

「シャヤヤヤアアァ!!」

「これで奴は逃げられませんね。やはり氷魔法は良いです。風魔法の弱点は、発生させる位置から離れるとダメージを与えられないことですから」

「え、えげつないね」

俺の氷があるから、シーサーペントは逃げることができないってことだ。

逃げるたびに氷の破片で身体を切り裂かれるし、そこにいても風の刃で切り裂かれる。

こういう合わせ技もあるのか……今度、ルナと練習してみようかな。

エリゼの放った風が収まると、シーサーペントは海に横たわっていた。

俺の氷の槍があったとはいえ、あの大きさの魔物を一撃で倒しちゃうなんて。

これがエリゼの実力かぁ……すごいや。

「エリゼ！　すごい威力だね！」

「上級と言われる魔法ですからね。大丈夫ですよ、そのうちアレス様にもできますから」

「うーん、道のりは険しいや」

あの大きさの魔物を、一撃で倒す魔法かぁ。

水のレーザーや、氷の銃弾を強化すればダメージは与えられそうだけど。

一撃では無理そうだし、色々と考えないと。

そういう場面だって、これからあるかもしれないし。

「日々精進することですね。いくら才能や魔力があっても、精進を怠《おこた》った者は大成しませんから」

「うん、そうだよね」

「助けてくれてありがとうございます！」

振り返ると、丸々太った若い男性がいた。

さっきと違い、俺たちを侮《あなど》る視線は感じない。

「どうもです。責任者の方ですか？」

「は、はい！　船長のヨルダンと申します！」

「船は動かせそうですか？」

「なんとか……ただ、自力走行は厳しいかもしれません」

「うーん、どうしよう？　このシーサーペントも欲しいし」

「平気ですよ、アレス様。たった今、港から船がやってきてます」

港の方に振り向くと、こちらに向かって船が二隻近づいてくる。

おそらく、アイラが知らせたのだろう。

「あっ、ほんとだ。じゃあ、待ってる方がいいね。その間にできることは……あっ、怪我人はいませんか？　格安で回復魔法をかけますよ。多分、魔力切れの人も多そうですから」

俺がそう声をかけると、船に乗っていた人たちが反応する。

「へっ？　良いのですか？」

「はい、もちろん。ただし、あとで商品を見せてほしいです」

「それはもちろんです！　皆の者！　怪我人を集めるんだ！」

その間に、こっそりとエリゼに耳打ちをする。

「エリゼ、これで良いんだよね？」

「ええ、アレス様は嫌でしょうが……」

「ううん、わかってるから。俺のエゴで、他の魔法使いに迷惑をかけるつもりはないから」

本心としては、タダで回復魔法をかけてあげたい。

しかし、それは生業《なりわい》にしている水魔法使いに対して失礼だ。

ただでさえ彼らの地位は低いしね。

その後、船が来るのを待っている間、ひたすら怪我人を癒していく。

「ヒール……はい、これで最後かな」

「あ、ありがとうございます！」

「いえいえ」

「アレス様、船が来ましたよ」

「こっちも、終わったところだよ」

すると、聞き慣れたアイラの声が聞こえてくる。

「アレス〜！　平気〜!?」

「平気だよー！」

「良かったわ！　フィレオ侯爵！」

「ええ！　あとはお任せください！」

そして追加で来た船に引かれ、シーサーペントと乗っている船が移動を開始する。

俺はエリゼに話しかける。

「ふぅ、これで一安心だね」

「お疲れ様でした。魔力は平気ですか？」

「うん、これくらいなら全然問題ないかな」

「さすがですね」

「でも、これからの課題かなぁ。商売としての氷魔法に魔力を使ってしまったら、冒険者としてやっていく時に困るかもしれない」

商売で魔力を使いすぎて、闘いの最中に魔力切れとか……うん、笑えないね。

魔力の総量だけは、地道に鍛えていくしかないか。

18　白い狼

そんなことを考えつつ、港に到着する。

そして、改めてシーサーペントを見て……その大きさに驚く。

「おおっ、大きいなぁ」

「お、大きいわ。アレス、よく倒せたわね？」

「まあ、ほとんどエリゼのおかげだし」

「いえいえ、私一人ではさすがに手こずりました。何せ、足場が悪いので」

そんな話をしていると、フィレオ侯爵さんが近づいてくる。

「このたびは我が領内の事件を解決してくれたこと、誠に感謝しますぞ」

「いえ、こちらこそ勝手な真似をして申し訳ありません」

「ふむ、皇女様の連れている方だけのことはありますな。それで、報酬《ほうしゅう》の件ですが……」

「僕としてはシーサーペントの素材の一部と、この船との交渉権をいただければ幸いです」

「それくらいなら問題ないですな」

「ご配慮に感謝いたします」

「いえいえ、こちらこそですぞ」

アブナイアブナイ。

いくらアイラがいるからって、俺が偉くなったわけじゃない。

間違っても、アイラの権力を笠《かさ》に着てゴリ押ししてはいけない。

それでは、友達とは言えないしね。

いやはや、領地を出てから色々と考えることが増えたなぁ。

さて、まずは……これ、食べられるのかな？

「エリゼ、シーサーペントって美味しいの？」

「いえ、私も食べたことないので」

「そうなの？」

「ええ、存在は知っていましたが……本来なら、この海域にいる魔物ではないはずです。そうではないでしょうか？」

すると、エリゼの視線がフィレオ侯爵に向けられる。

「ふーん、そうなの？」

「はい、アイラ様。エリゼ殿の言う通りで、本来ならもっと奥にいる魔物です。この海域に現れたという情報は、私が生きている限りはないですな。あんなのがいたら船など出せませんから」

そうだった。

そもそも、この大陸は鎖国状態に近い。

海の奥には、ああいう魔物がたくさんいるわけだし。

だから、大陸近くの浅いところにしか船を出してないんだし。

それでもごくたまに、まだ見ぬ土地を探してやってくる猛者《もさ》はいるみたいだけど。

「ふーん……じゃあ、どうしてこんなところにいるのよ？」

「申し訳ない、それはわかりかねます。ただ、何かしらの原因はあるかと。これから、原因を探してまいろうかと思います」

「わかったわ。お父様にも伝えておく」

「ありがとうございます」

すると、エリゼが俺の肩に手を置く。

「どうしたの？」

「何やら、船長さんがこっちを見てますね。というより、アレス様を見てるかと」

振り返ると、何やら話したそうにしている船長さんがいた。

そっか、フィレオ侯爵とアイラがいるから話しかけられないのかも。

「フィレオ侯爵様、お話し中失礼します」

「むっ？　どうかしましたかな？」

「何やら、船長さんが僕に用があるみたいです」

「ふむ、お礼の品か交渉の話かもしれんな。先ほどのセリフから、お主がわきまえていることはわかっている。あとで報告は必要だが、好きに報酬を得るといい」

「ありがとうございます。それでは、失礼いたします」

「フィレオ侯爵、私も行くわ。あとは任せても良いかしら？」

「はい、畏まりました。あとはお任せください。後ほどご報告を聞きに参ります」

シーサーペントの処理や、後始末などはフィレオ侯爵に任せ、ヨルダン船長の方に向かう。


一応、俺が呼ばれたので、俺が話を進める。

「どうしましたか？」

「改めまして、お助けいただきありがとうございました」

「いえいえ、ご無事で良かったです。ところで、僕に何か用がありましたか？」

「そ、そうでした！　実は、あなたに助けてほしいのです！　さっきのを見ましたが、氷魔法を使っていました！　よく考えてみたら、それで治せるかもしれません！」

「え、ええ、使えますけど……氷魔法で治す？」

「えっと、とにかくついてきてくれますか!?」

「ええ、もちろんです」

「ただし、船内は狭いのでお二人だけで……」

「ええ、わかりました。では、僕とエリゼが行きますね」


ひとまず全員で船へと戻り、俺とエリゼだけ船内に入っていく。

そして、とある扉が開かれると……何やら檻《おり》があった。

しかも、その中には見覚えのある生き物が横たわっていた。

「小さいけど……狼？」

「ええ、合っています。それにしても、これは珍しいですね……まさか水狼《すいろう》ですか」

「水狼？　この、白い狼のこと？」

細くしなやかそうな肉体に、綺麗な白い毛皮。

そして、その瞳からは理知的な印象を受ける。

「はい、そうです。なるほど、アレス様を呼んだ理由がわかりました。ひとまず、氷の塊をあげると良いですね」

「……わかった、エリゼの言う通りにするね」

檻に近づき、氷の塊を出すと、水狼の子は恐る恐る近づいてくる。

「ククーン……スンスン……ワフッ！」

「なんか、元気になった？」

「ワフッ！」

氷の塊に身体をこすりつけたりして、かなりご機嫌な様子だ。

さっきまでは、横たわっていたのに。

「ええ、元気になりましたね。やはり、弱っていたのでしょう」

「どういうこと？」

「水狼は、この大陸において、絶滅危惧種と言われる魔物ですね。その理由としては、この大陸の暑さに耐えられないのです。昔は、たくさんいたそうですが……」

「そうなんだ」

すると、ヨルダンさんが檻に近づく。

「おお～！　良かったなぁ！」

「ワフッ！」

「それで、この水狼はどうしたのですか？　確か、あなたたちの国から持ってきたのでしょう？私たちの国や、砂漠の国では生きていけませんから」

なるほど……山を越えた隣国は、この大陸の中では涼しい方だって話だっけ。

エリゼの問いにヨルダンさんが答える。

「それがですね……我々の国も、いよいよ暑さが増してきました。先日、この小さい水狼が倒れていまして。それを助けるために、急いでこの国に来ました。氷魔法を使える人がいると聞いていたので」

「それで人数が少なかったと。そして運悪く、進路がずれたと……」

「その通りです。助けていただいたうえに、このようなお願いまで……本当にありがとうございました。このお礼は必ずいたします」

「いえいえ、絶滅危惧種なら仕方ないですよ。……早速お礼の件ですが、もしあれば、塩やみりんなんかも欲しいですね」

「ええ、それはもちろんでございます」

「やったぁ！」

みりんも大事だけど、塩も欲しかった。

何せ、アレを作るために塩は必須になる。

ふふふ……俺の魔力も増えてきたし、いよいよアレを作る時がやってきたか。

さて、塩が必要な冷たくて美味しいものはなんでしょう？

はい！　アイスクリームですね！

あとは乳さえ手に入れば、すぐにでも作ろうかなぁ～。

「アレス様、帰ってきてください」

「ん？　エリゼ？」

「さっきから、船長さんが話しかけてますよ」

どうやら、アイスクリームに夢中になっていたらしい。

いかんいかん、大事な交渉相手なんだし。

「すみません。それで、なんでしょうか？」

「いえいえ、あんなに魔法を使っているのですからお疲れでしょう。実は、この水狼を預かってもらえないかと……国に持ち帰っても死んでしまうし、正直言って氷を買い続ける余裕はないのです。拾ったのに、身勝手なお願いだとはわかっています」

ふむふむ、俺なら氷魔法が使えるので育てられるってことか。

でも、育てるには氷魔法を消費するよね？

うーん……ただでさえ、これから魔力は使っていくからなぁ。

飼うからには責任が伴うし、簡単に決めちゃダメだよね。

俺はヨルダンさんに向かって言う。

「いえいえ、そんなことはないと思います。多分、手を尽くしたうえでのことでしょうから。エリゼ、どう思うかな？　ちょっと、僕には判断がつかないや」

「そうですね……少し離れましょうか」

「うん、そうだね。ヨルダンさん、少し相談して良い？」

「ええ、もちろんでございます」

ひとまず、扉の近くにきてこしょこしょ話をする。

「アレス様のお気持ち一つかと」

「えっ？　そ、そうなの？　ほら、条約とか許可とかいらないの？」

「ええ、その点だけは安心して良いかと。元々は、冒険者のパートナーとしても活躍していた魔獣ですから。飼うこと自体には何も問題ないですし、許可は必ず下りるでしょう」

ふんふん、前世で言うところの狩猟犬みたいなことか。

単純に可哀想だし、可愛いから面倒見たい気持ちはある。

となると、こっちにも利点があるならいいかな。

「個人的には引き取っても良いと思っているんだけど……この子は強いの？」

「ええ、きちんと育てば強いはずです。確か、冒険者ギルドで言うところのB級だったはずです」

「さっきのシーサーペントと同じくらいってことか。あとは、レッドベアーよりも強いと」

「本来であれば、レッドベアーなど敵ではありませんね。実は、昔は森においてレッドベアーと双璧をなす魔獣だったのです。というより、レッドベアーを倒してくれるありがたい存在とされてました」

「そうなんだ。でも、今はレッドベアーが生き残って……なるほど」

炎を吐く暑い気温に適しているレッドベアー。それに対して暑さに弱い水狼。

そりゃ、水狼の方が弱くなっても仕方ない。

前の世界でも、環境の変化で死んでしまう生物はいたし。

「アレス様が育てるのであれば、良き従魔になるかと思います。まだ子供ですから、氷を与えれば本来の強さで育つでしょう……下手すると、それ以上に。そうすれば、将来的に護衛にもなってくれます。それこそ、ダンジョン攻略なんかにも役立つかと。聴覚と嗅覚が優れていますから」

「ふんふん、将来的に考えたら良いってことだね。僕が冒険者になる頃に、そこそこ強くなってくると……よし、決めた」


話がまとまったので、狼とヨルダンさんのもとに戻る。

「ヨルダンさん、この子は僕が預かりますね」

「おおっ！　ありがとうございます！」

「いえいえ、こっちも得がありますから」

「それでも良いのです。食事代や世話などは大変ですから。むしろ、ただ預かるという方より信頼できます」

「そう言っていただけると嬉しいです。あとは、この子の意思かな？」

氷の塊に身体を寄せている狼に、慎重に近づく。

「ワフッ」

「うん？　……どういうことかな？」

俺の近くに来て、伏せの状態を見せてくる。

「おそらく、アレス様に従うということでしょう。さっきの話を理解していたということです」

「へぇ……本当に耳もいいし、賢いってことだ。じゃあ、これからよろしくね」

「ワフッ！」

俺の言葉に、尻尾《しっぽ》を振って元気よく応えた。

自分のためでもあるけど、しっかりと育てないと。

捨てられたり、一人ぼっちのつらさは知ってるから。

まあ――異世界といえばモフモフっていうしね！

＊　＊　＊

その後、ひとまず船の中から出て、アイラたちと合流する。

そして、事の経緯を説明する。

許可はいらないとは言われたけど、さすがに今すぐ檻から出すわけにはいかないし。

皇都に着くまでは、可哀想だけど檻の中にいてもらうつもりだ。

「へぇ、良いじゃない。早く、私も見たいわ」

「お、狼さんですか……み、見てみたいです」

「まあ、あとでね。エリゼは許可がいらないって言ってたけど、フィレオ侯爵様には事情を説明しないと」

「ええ、それは必要ですね」

「でも、その前に……船長さんはお米とかお酢とかは扱ってますか？」

ふと思いついて、お礼の件について追加の相談をしてみる。

「はい。我々の国では人気がないのですが、この国の一部では人気が出てきた食材ですね」

なんと⁉　あの米を苦手と思う人種が⁉

……まあ、前の世界でも西洋人は最初は戸惑っていたっけ。

「では、その取引をお願いしたいです」

「もちろんです！　とりあえず、船にある分はただでお送りします！」

「えっ？　い、いや、さすがにそれは……」

「いえ！　これはもらっていただかないと！　助けていただいたこともそうですが、そもそも船が沈んでいたらダメになっていた商品です」

……それは言えてるか。

それに、受け取らない方が失礼になりそうだ。

「わかりました。それでは、ありがたくいただきます」

「ほっ、良かった……では、報告をしている間に準備をしておきます」

「ええ、お願いします」

そうと決まった俺たちは、再びフィレオ侯爵のもとに向かうのだった。

元いた場所に戻ると……すでにシーサーペントは撤去されて、静かな港に戻っていた。

まだ俺たちが去ってから、三十分くらいしか経ってないのに。

このあたりからも、フィレオ侯爵の優秀さが窺える。

「おや？　もう話し合いは終わったんですかな？」

「いえ、まだなんですけど……」

ひとまず、事の経緯を説明する。

「なんと!?　水狼が……ふむ、それを救えるのはアレス君だけと」

「はい、そうみたいなんです。それで、僕が引き取りたいって思っていて……」

「客観的に見てもその方が良いかと。そして、私としては問題ない。水狼を世話をした相手が、お主に送りたいと思っている……ましてや、それが恩人というのだ。私に許可を取る必要はない」

「ありがとうございます。ただ、報告は必要かなと思いまして」

「その心構えは大事だな。報酬の件も問題ないだろう」

「了解いたしました」

すると、後ろからあくびが聞こえる。

「ふぁ……なんか、眠くなってきたわね」

「わ、わたしもです」

「無理もないかと。食べた直後に、あの出来事がありましたから。ひとまず、宿に行って休みましょうか」

「ふむ、それが良いかと。アイラ様、あとは私にお任せください」

「そうね、任せるわ。それじゃ、いくわよ」

俺たちはフィレオ侯爵に挨拶をし、宿へと向かう。


そして部屋に来ると、二人がふらふらとベッドの中に……すぐに寝息を立てる。

「あらら」

「きっと、長旅の疲れが出たのでしょう。明日以降もありますから、夕方くらいまでは寝かせてあげましょう」

「まあ、そうだね」

まだまだ幼いもんね……まあ、俺もだけど。

ただ不思議と、俺は眠くなってない。

もしかしたら、興奮しているのかもしれない。

戦ったのもそうだけど、立て続けに日本にまつわるものを見たから。

米とかお寿司とか、前の世界では絶滅種の狼とか。

「アレス様は平気そうですね？」

「うん、特に眠くはないかな」

「では、下の階に行きましょうか。ここで話をすると、二人を起こしてしまいますから」

「放っておいて良いの？　アイラは皇女様だけど……」

「平気ですよ、風の結界を張ってありますので。何より、護衛はあちこちにいます……この街に入った時からずっと。皆様はもちろん、フィレオ侯爵も気づいていませんが」

「えっ？　……そうなの？」

「ええ、皇女様ですから。手練《てだ》れの隠密《おんみつ》隊が警護してます。あっ、みんなには内緒ですよ？　私以外は、誰も気づいていませんから」

えっと、それに気づけるエリゼは……前々から思ってたけど、本当に何者なんだろうか？

＊　＊　＊

その後、エリゼと二人で下の階に行って一階にあるカウンター席に座る。

エリゼが目を細めて呟く。

「ここも懐かしいですね」

「えっ？　知ってる場所なの？」

「知ってますよ。以前、来たことがありましたから。ルナさんを確かめるために」

「……どういうこと？」

「そのままの意味ですよ。実は、ルナさんを学校に推薦したのは私なので。実際に見て、魔力の資質や適性を見てました。あっ、これも本人には内緒ですよ？」

そう言い、人差し指を立てた。

綺麗なお姉さんがやると、めちゃくちゃ様《さま》になるよね。

「そうだったんだ。だから、ルナに優しいんだね」

「私は元々優しいですよ」

「いや、知ってるけどね。ただ、目をかけてるように見えたからさ」

「確かに、少しは責任を感じてますし……似たような境遇なので」

「そうなの？」

すると、エリゼが真面目な表情になる。

「今から言うことは内緒ですよ？」

「いや、内緒多くない？　というか、こんな場所で話してもいいの？」

「平気ですよ、ここには一般客はいないので。皇女様を泊めるのに、ただの宿を用意するわけにはいきませんから。何より、私とアレス様の周りだけ風の結界を張ってますし」

「……なるほど」

周りにいる人や従業員も含めて、そういう仕事の人たちってことか。

「それでは、何からお話ししましょう？　私がエルフと呼ばれる種族ということでしょうか？」

「……はい？　エルフってあのエルフ？」

「はい、あのエルフですね」

エルフ、それは人前に滅多に姿を現さないと言われる伝説の種族。

長生きで人族に似た姿で、高位の魔法を操り、弓を得意とするとか。

聞いた話では、五十年以上目撃情報がないことから絶滅の噂もあるとか。

それくらいに、貴重な種族ということだ。

「その、エリゼを疑うわけじゃないんだけど……エリゼは、聞いてたエルフの姿とは違くないかな？」

「ふふ、どんなふうに習いましたか？」

「えっと……男女ともに、とても美しく整った容姿に均整のとれた体型。高い魔力を持ち、なかなか歳をとらない。そして、優れた頭脳と戦闘能力を持つ」

そこだけを聞けば、確かにエリゼは当てはまる。

というか、俺も一度はそう思ったことはある。

エリゼってば、歳をとっても全然変わらないし。

「さて、私はどうですかね？」

「いや、合ってるけど……ただ、聞いた話とは決定的に違う箇所があるよね？　確か、エルフは全て金髪だし耳が長いって……」

「アレス様……正体を知られたくないエルフが、本当の姿を教えるでしょうか？」

「……そういうことか。そういうふうに仕向けたってことだね？」

「はい、半分は正解です。そうですね、まずは軽く説明しましょう」

そして、エリゼが説明してくれた。

元々エルフは長生きで、子供ができることが少ない。

さらにその綺麗な容姿と長生きという特徴から、人族に狙われてきた。

それこそ、口に出すのも憚《はばか》られるほどのこともあったと。

だから、長い年月をかけて情報操作をしつつ、人里離れたところに住み着いたらしい。

正体がバレないように、金髪で耳が長いという嘘の情報が根づくまで。

「そっか、そもそもが違ったんだ。それで、エリゼはどうして？」

「私は変わり者でして、森から出ていったのです……そして怪我をした私を、シスターが森の外で拾ったらしいです。そして月日が経って施設を出て、冒険者になった頃……お恥ずかしい話ですが、下手をうちまして。その時に助けていただいたのが、旦那様たちのパーティーだったのです」

「へぇー！　そうだったんだ！　それでそれで⁉」

冒険をしてて偶然エルフを助ける！　まさしくファンタジーっぽい！

俺も、いつかそういうことを体験したいなぁ。

「そうですね……最初は人族ということで警戒していたのですが、あの通りのお人好したちでして。まあ、端的に言って彼らのことを好きになってしまったのです。それで、今に至るってわけですね」

「ふんふん、人に歴史ありってやつだ」

「……まあ、結果的に嘘は言ってませんから良いですよね……」

「ん？　何か言った？」

「いえいえ。それで、似た境遇という話ですが……ルナ、彼女もエルフだということです。だから、私は生きる術《すべ》を身につけさせるために学校に推薦いたしました」

「あっ……境遇が似てるってそういうことかぁ。じゃあ、ルナも拾われたのかな？」

「いえ、彼女は……そこはやめておきましょう」

「ごめん、本人のいないところで興味本位で聞くことじゃないよね」

「ふふ、良い子ですね」

俺はされるがままに、エリゼに頭を撫でられる。

それは生まれた頃から、ずっと変わらない。

「エリゼ、ありがとね。その、色々と話してくれて」

「いえいえ、正体不明のお姉さんでも良かったんですけど……それに、まだまだ秘密はありますので」

「うん、わかってる。じゃあ、僕がもっと大きく……エリゼから見て成長したって思ったら、色々と教えてくれる？」

「そうですね。その時は、色々と教えてあげましょう」

「約束だよ！　あと、エリゼが困ってたら僕が助けるから！　それこそ、変なことしようとする奴から！」

「アレス様……ありがとうございます」

友達になったルナもいるし、もっと強くならないと。

いざって時に、大事な人たちを守れるように。

19　お祭り騒ぎ

その後、アイラとルナが起きた頃、フィレオ侯爵が宿を訪ねてきた。

「フィレオ侯爵、どうしたの？」

「アイラ様、お休みのところ申し訳ございません。お料理の準備ができましたので、お知らせに参りました」

おお〜！　ということはシーサーペントが食べられるってことか！

あれはどんな味がするんだろう!?

「ううん、平気よ。でも、わざわざあなたが呼びに来たの？」

「実は民から宴《うたげ》を催《もよお》したいという希望がございまして……」

「別にいいんじゃない？」

「ええ、もちろんそうなのですが……アイラ様たちにも出席していただけないかと。お忍びであるうえに、休暇中とはわかっています」

……だから、侯爵様本人が来たってわけか。

「それくらいなら、別に構わないわ。ただ、なんで私なの？　私、特に何もしてないわ」

「はい、わかっております。どうやら、シーサーペントを倒したのがアイラ様の手柄となってまして」

「……どういうこと？　私じゃなくて、アレスとエリゼがやったのよ？」

「そ、それは皆もわかっております。ですがアイラ様のお付きなので、アイラ様が命令をしたのだと皆が思ってまして……つまり、その功績はアイラ様ということに」

「……ふーん」

……いけない！　アイラがイライラしてる！

アイラが、人の手柄を自分のものにしないのは美徳だ。

でも、みんなも悪気があるわけじゃないはず。

俺たちは友達ではなくて、お付きの人と思われてるから、そう思っただけだろう。

すると、エリゼが俺に視線を向ける。

……俺に任せるってことか。

「お話し中、失礼いたします」

「ほら、アレスからも言ってやりなさいよ」

「僕としては何も問題はありません。アイラ様の手柄で良いかと。わざわざ訂正するのも面倒ですし」

「……へっ？　な、何言ってるのよ!?」

うーん、めちゃくちゃ怒ってる。

こういうのが、多分嫌いなんだろうなぁ。

すごくいいところではあるけど、この先を生きていくのは大変そうだ。

「アイラ様、これは良い機会です」

「なんの話？」

「僕としては手柄がどうなろうと構いません。アイラ様が、この先皇族の一員として良い国を作ってくれるのなら」

「それはもちろんよ。ただ、どう繋がるのよ？」

「アイラ様は、知名度が高いとは言えませんね？」

「むぅ……悪かったわね、引きこもりで」

「いえいえ、仕方ないかと」

何せ大陸では珍しい黒髪で、唯一の皇女様だ。

そんなにホイホイと出ていくわけにはいかない。

「……それで？」

「アイラ様の目標はなんですか？　以前、少しだけ聞きましたが……」

「私は女性の立場を強くしたいわ。女の人でも、男の人に交じって戦ったり働いたり……それが変だって思われないように。そうしたい女性はたくさんいるけど、冒険者くらいしか道がないわ」

「そうでしたよね。なら、自分の立場をどんどん強くしていかないと」

「そのために、人の功績を奪えっていうの？」

さて、アイラにわかってもらうにはどうしよう？

プライド高いし、意固地なところがある。

「言い方が良くないです。誰からも、むやみに奪えって言ってるわけじゃなくて……僕の功績は遠慮なく使ってください。前にも言いましたが、僕はアイラ様の考えに賛同してるので」

「……男の人なのに、アレスは珍しいわよ。私の意見に賛同するのも、自分の手柄を譲ることも」

「まあ、そうかもしれないですね。でも、それはアイラ様のことを信頼してるからです」

前の世界でもそうだが、女性の社会進出は大切なことだ。

女性だからといって劣ってるわけでもないし。

特に、この世界には魔法があるわけだし。

あとは、出生率とかあるけど……この世界は、それ以前の問題だ。

「でも、人の手柄を奪うくらいの気概がないと、いつかはダメになるってお父様も言っていたわ」

「それには賛成かと」

「……わかったわ。じゃあ、やりやすいようにお願い」

「はい、そのようにいたします……アレス君」

「はい、なんでしょうか？」

「皇帝陛下が婚約をお決めになった時は、正直どうなるかと思ったが……なかなか良き少年であるな。これなら、アイラ様を任せても安心そうだ」

「な、な……」

「ありがとうございます」

「それでは、私はこれで失礼いたします。皆様は、一時間後に港にお越しください」

そう言い、笑顔で去っていく。

どうやら、少しは気に入ってもらえたみたいだ。

この都市には、これからもお世話になるし……結果オーライって感じかな。


案内の人が来たので宿の外に出てみると、町は喧騒《けんそう》に満ちていた。

「ははっ！」

「ほらほら！　呑んで食べて！」

「いやぁー！　いい日だなぁ！」

あちこちで呑んで騒いでる人。

ひたすら食べている人。

それを見ながら、のんびりと優雅に過ごしている人など様々だ。

「これは……なんだろ？」

「お祭りです！　いつも、何か大物が獲れたりした時にするんです！　今回はシーサーペントが獲れたからですね！」

「へぇ、そうなのね……なんだか、楽しそう」

確かに、皆が楽しそうに笑っている。

これも、俺たちがシーサーペントを倒したからってことかな？

「えへへ！　楽しいですよ！　だって、お祝いですから！」

「それってどういうお祝いなのかしら？」

「えっと……結構、船乗りの方は死んでしまうことも多いんです。危険な魔物もいるし、突然倒れたりする人もいるから」

「そうなのね……」

「でも、今回は死人も出なかったと聞きます。だから、みんな嬉しいんだと思います」

「なるほど……それが、俺たちにお礼がしたいに繋がるってわけね」

そんな会話をしてると、あちこちから声が上がってくる。

「あっ！　アイラ様ご一行だ！」

「ありがとうございます！」

「おかげ様で、楽しい祭りができます！」

「へっ？　い、いや、私は何も……」

戸惑うアイラの脇を、こっそりと小突く。

「な、何よ!?」

「そんなに怒らないでよ。ほら、軽く手を振ったら？　アイラは無愛想なんだし」

「むぅ……悪かったわね」

「大丈夫、アイラは可愛いから。ほら、笑顔でね？」

「な、な……こ、こう？」

少し照れくさそうにしながら、軽く手を振ると……歓声が上がる。

うんうん、アイラには偉くなってもらって良い国にしてもらわないと。

そして住民たちにお礼を言われながら、港に到着する。

案内役の人が下がり、入れ替わりでフィレオ侯爵がやってくる。

「アイラ様、お待ちしておりました」

「……何よ、この騒ぎは。なんか、持ち上げられて気持ちが悪いわ」

「すみません……これも、皇族の印象を良くするためです。我が国には、色々なことがありましたから」

あぁー、確か皇位継承で兄弟が争ったんだっけ？

それも、国を巻き込んでの……それはイメージ良くないよね。

特に、歳をとった世代とかには。

「……わかってるわ。私で力になれるなら、なんでもするつもりよ」

「そう言っていただけるとありがたいです。私も、微力ながら力になりましょう」

「ありがとう。お父様にも、よく言っておくわ。でも、食事くらいはゆっくりしたいけど」

「ええ、もちろんです。それでは、こちらへ」

ついていくと、海が見える位置に張ってあるテントに案内される。

そこにはすでに、数々の料理が並んでいた。

たくさんの魚介類があり、その真ん中には白く輝く肉が置いてある。

「さあ、お座りになってお召し上がりください」

「わ、わたしもいいんですか？」

「僕もいいのですか？」

「ええ、アイラ様の客人で功労者なので。それに、この街の関係者でもあります」

「あ、ありがとうございます！」

「ありがとうございます」

「気にしないで良い。それでは、気を遣うと思うので失礼するとします」

ふんふん、やっぱりこの人はいい人っぽい。

あのエリゼも、何も注意してこないし。

「ほら！　早く食べましょ！」

「では、失礼します」

「では、私が取り分けます」

エリゼがテーブルの横に立ち、手際よく取り皿に白い肉を分けていく。

「エリゼ、これがシーサーペント？」

「はい、そうみたいですね」

「へー……」

見た目はエンガワとか、アナゴみたいだ。

白く輝いて美味しそう……ゴクリ。

「いただきます……っ～!?」

「あっ、これ美味しいわ……！」

「美味しいですね！」

……うめぇ！　食感はコリコリとして、どっちかというとタコに近い。

あの胴体は引き締まった筋肉って感じか。

噛めば噛むほど、ジュワッと旨みが出てくる。

違い部位を食べると、今度はアナゴに近い食感と甘みがある。

……これで、たこ焼きとか天ぷらとか食いたいなぁ。

＊　＊　＊

それから数日が過ぎ、楽しかった旅行の日々が終わる。

海で遊んだり、美味しいものを食べたり、観光したりと……見るもの全てが新鮮で、とても充実した日々だった。

「フィレオ侯爵、いい休暇になったわ。お父様にも、お世話になったと伝えておくわね」

「それならば良かったです。こちらこそ、良い時間を過ごせました。それに、氷魔法の使い手であるアレス君に会えたことも」

「ふふ、アレスはすごいんだから！」

「ええ、そうですな。さすがは、アイラ様の婚約者でございます」

「も、もう！　気が早いんだから！」

「はは……」

休みの間に、俺は氷魔法を駆使して様々な作業や提案をした。

例えば海水の温度を下げるために海の水を凍らせたり、養殖用の池に氷魔法を込めた魔石をプレゼントしたり。

そのおかげが、俺に対するフィレオ侯爵の態度が変わった。

まるで賓客《ひんきゃく》のように扱われている。

無論、シーサーペントを倒したっていうのもあるけど。

少し現金かなとは思うけど……まあ、別にいっか。

「また、何かあればいらしてください」

「はい、ありがとうございます。美味しいものも多かったですし、住んでいる人々も気持ちが良い方々でした、また来させていただきますね」

「ええ、お待ちしてます」

フィレオ侯爵に見送られ、門から出ていく。

行きは馬車一台だったが、帰りの馬車は二台ある。

その理由はもちろん……わんちゃんの存在である。

もう一台の馬車は、檻に入れられた水狼を引いている。

「ごめんね、ラン。皇都に着くまでは我慢してね」

「ワフッ」

その目は理知的で、まるで気にしないでと言っているかのよう。

本当に、賢い狼さんだ。

ちなみに、名前は狼を表す、前世の外国の言葉からとって『ラン』になった。

ランに挨拶をしたら、自分の馬車へと戻る。

「ランは平気だったかしら？」

「うん、大人しくしてる。氷のボール与えてあるし、体調も平気そうだよ」

「それなら良かったわ。それで、帰ったらどうするのよ？」

「まずは皇帝陛下に許可を得ないとね」

「まず問題ないかと。何せ、保護すべき魔物でもあるので」

ランは水狼なので、成長すれば水を操ることができるらしい。

この暑い大陸において、それは貴重だ。

だからこそ乱獲されたり、暑さに耐えきれなくなって減っていったとか。

「そうだね。ただ、ギルドとかにも登録しなきゃね。なんだっけ？　従魔登録っていうんだっけ？」

「ええ、そうですね。魔物の中には冒険者の相棒として使役《しえき》されるものもいますので。そのあたりは、私にお任せを」

「いやぁ、楽しみだ。これで、いつでもモフモフできるし」

「ずるいわ！　私も！」

「わたしもです！」

「はいはい、わかってるよ。じゃあ、許可が出たら三人で散歩にでも行こうか？」

「「賛成！」」

この二人も旅行中にだいぶ仲良くなったようだ。

平民と皇女様っていう組み合わせだけど……やっぱり、一緒に過ごすって大事だね。

でも、きっと双方にとって良いはず。

あとは……皇子様とも仲良くしたいところだよなぁ。

うーん、どうにかできないものかね。

＊＊＊

あらあら、皆さんあっという間に寝てしまいましたか。

目の前では、アイラ様とルナさんがお互いに寄りかかって寝ている。

そして、私の膝の上には……愛しのアレス様がいる。

「むにゃ……お腹いっぱい……」

「ふふ、相変わらず可愛らしいですね」

最初はただの任務でしたが、すっかり愛情が湧いてしまいました。

あの家族に対してもですが、特にアレス様に。

恐れ多いですが、母親気分にでもなっているのかもしれませんね。

おそらく、私が子供を作ることはないですし。

「アレス様は、生まれた頃から見てきましたから。やはり、可愛いですね……ですが、すぐに私を置いていってしまうのでしょう」

エルフの中でも特別である私の寿命は、おそらく軽く千年を超えるでしょう。

停滞する生に飽きて百歳を超える頃に里を飛び出し、不覚を取り、ゼノスたちに助けられ……私は人間界を知るためと、そしてゼノスへの恩を返すために、皇族直属の部隊に所属することになりました。

そして人間を学び、やはり噂通り、下らない生き物なのだなと思ったり。

かと思えば、ゼノスたちのような良い人間もいる。

「エルフは、基本的に感情の起伏がない。常に合理的に考え、無駄なことはしない。だから、いろんなことに一喜一憂する人間は面白かったんですよね」

それを知れただけでも、里を飛び出した意味はあった。

色々と嫌なこともあったけれど、全体的に見たら充実した日々でした。

そんな中、新しい任務を受けた……アレス様たち家族の監視役。

数年で終わるはずだったので、休暇を兼ねて気楽に考えていたんですけどね。

いつの間にやら、こっちの方が楽しくなってしまいました。

「……でも、それも一瞬のことでしょう」

この小さな少年もすぐに大人になり、結婚して歳をとって……私より先に死んでいく。

その時、私は……悲しみを乗り越えることができるのでしょうか。

そんなことを考えながら、アレス様の髪を撫でていると……。

「ん……エリゼ？」

「おや、起こしてしまいましたか？」

「うんん、そんなことないよ……あっ、膝枕してもらってたんだ。ごめんね、エリゼも疲れてるのに」

「いえいえ、私は平気ですよ。ですので、そのままでお願いします」

「うーん、悪い気がするなぁ……ふぁ……」

「ふふ、まだ眠たいでしょう？　これは私のご褒美なので、気にしなくて良いのですよ」

「相変わらず変なの……スゥ」

頭を撫で続けると、再び寝息をたてる。

こうして膝枕ができるのも、おそらく数年といったところでしょう。

せめて今は、こうして膝枕をさせてくださいね。

あなたが大人になる、その時まで。

月が導く異世界道中
Tsukiga Michibiku Isekai Dochu
あずみ圭
Azumi Kei
1~20
8.5
シリーズ累計 420万部の超人気作！
(電子含む)
TVアニメ第3期
制作決定!!
1~20巻
好評
発売中!!
コミックス
1~14巻
好評発売中!!
月が導く異世界道中
あずみ圭
薄幸系男子の成り上がりファンタジー、開幕！
なんてだろう
親の都合で
異世界へ
読者賞受賞作！
待望の書籍化！
illustration：マツモトミツアキ
異世界へと召喚された平凡な高校生、深澄真。彼は女神に「顔が不細工」と罵られ、問答無用で最果ての荒野に飛ばされてしまう。人の温もりを求めて彷徨う真だが、仲間になった美女達は、元竜と元蜘蛛!?とことん不運、されどチートな真の異世界珍道中が始まった！
▶3期までに◀
原作シリーズも
チェック！
20巻 定価：1430円（10%税込）
1~19巻 各定価：1320円（10%税込）
月が導く異世界道中
1
あずみ圭
木野コトラ
シリーズ累計 29万部
とことん不運、されど、チート!!
薄幸系主人公の異世界放浪記、コミカライズ第1巻!!
漫画：木野コトラ
【B6判】
14巻 定価：770円（10%税込）
1~13巻 各定価：748円（10%税込）

異世界ゆるり紀行
子育てしながら冒険者します
1~16
水無月静琉
Minazuki Shizuru
シリーズ累計
123万部
(電子含む)
突破!!
2024年7月7日~
TVアニメ
放送開始!!
(テレ東・BSテレ東ほか)
1~16巻
好評発売中!
コミックス
1~9巻
好評発売中!
子連れ冒険者の
のんびりファンタジー!
神様のミスで命を落とし、転生した茅野巧。様々なスキルを授かり異世界に送られると、そこは魔物が蠢く森の中だった。タクミはその森で双子と思しき幼い男女の子供を発見し、アレン、エレナと名づけて保護する。アレンとエレナの成長を見守りながらの、のんびり冒険者生活がスタートする!
●16巻 定価:1430円(10%税込)
1~15巻 各定価:1320円(10%税込)
●Illustration:やまかわ
●9巻 定価:770円(10%税込)
1~8巻 各定価:748円(10%税込)
●漫画:みずなともみ

この作品に対する皆様のご意見・ご感想をお待ちしております。

おハガキ・お手紙は以下の宛先にお送りください。

【宛先】

　〒150-6019 東京都渋谷区恵比寿 4-20-3 恵比寿ｶﾞｰﾃﾞﾝﾌﾟﾚｲｽﾀﾜｰ 19F
（株）アルファポリス　書籍感想係

メールフォームでのご意見・ご感想は右のＱＲコードから、
あるいは以下のワードで検索をかけてください。

アルファポリス　書籍の感想　検索

ご感想はこちらから

本書はWebサイト「アルファポリス」（https://www.alphapolis.co.jp/）に投稿されたものを、改題、改稿のうえ、書籍化したものです。

前世《ぜんせ》で家族《かぞく》に恵《めぐ》まれなかった俺《おれ》、今世《こんせ》では優《やさ》しい家族《かぞく》に囲《かこ》まれる2
俺《おれ》だけが使《つか》える氷《こおり》魔法《まほう》で異世界《いせかい》無双《むそう》

おとら

2024年 7月30日初版発行

編集－芦田尚
編集長－太田鉄平
発行者－梶本雄介
発行所－株式会社アルファポリス
　〒150-6019 東京都渋谷区恵比寿4-20-3 恵比寿ｶﾞｰﾃﾞﾝﾌﾟﾚｲｽﾀﾜｰ19F
　TEL 03-6277-1601（営業）　03-6277-1602（編集）
　URL https://www.alphapolis.co.jp/
発売元－株式会社星雲社（共同出版社・流通責任出版社）
　〒112-0005 東京都文京区水道1-3-30
　TEL 03-3868-3275
装丁・本文イラスト－たらんぼマン
装丁デザイン－AFTERGLOW
印刷－中央精版印刷株式会社

価格はカバーに表示されてあります。

落丁乱丁の場合はアルファポリスまでご連絡ください。

送料は小社負担でお取り替えします。


ISBN978-4-434-34197-7　C0093